大富豪と淑女

ダイアナ・パーマー 作

ハーレクイン・プレゼンツ 作家シリーズ 別冊
東京・ロンドン・トロント・パリ・ニューヨーク・アムステルダム
ハンブルク・ストックホルム・ミラノ・シドニー・マドリッド・ワルシャワ
ブダペスト・リオデジャネイロ・ルクセンブルク・フリブール・ムンバイ

MATT CALDWELL: TEXAS TYCOON

by Diana Palmer

Published by Harlequin Japan, a Division of K.K. HarperCollins Japan, 2024

ダイアナ・パーマー

シリーズロマンスの世界でもっとも売れている作家のひとり。各紙のベストセラーリストにもたびたび登場している。かつて新聞記者として締め切りに追われる多忙な毎日を経験したことから、今も精力的に執筆を続ける。大の親日家として知られており、日本の言葉と文化を学んでいる。ジョージア州在住。

1

向こうの丘の上にいる男は、優雅に堂々と馬にまたがっている。若い女性は、自分がさっきからその男を見つめていることに気づいた。男は牛集めを監視しているらしい。彼女もかたわらの男性に連れられてそれを見に来たのだ。この牧場はテキサスの基準からすると小さいが、ジェイコブズビルの周辺に限れば、十指に入る規模だ。

「すごい埃《ほこり》だ」

エド・コールドウェルは笑った。彼は向こうの馬上の男にはまったく気づいていなかった。その丘はエドの背後にあったので、視界に入っていなかった。

「現場ではなくオフィスの仕事なのがありがたい。僕は澄んだ空気が好きだからね」

レスリー・マリは微笑した。彼女は美人とはいえなかった。どことい って特徴のない十人並みの器量で、くせのある金髪、目は灰色だった。すらりとした姿のほかに取り柄といえば、形のよい弓なりの唇だろう。動作はゆっくりとして、どこかおどおどしていたが、昔からずっとそうだったのではない。小さい頃《ころ》レスリーはとても快活で、おてんばで、友達は彼女の大胆さを笑ったものだった。いま彼女は二十三歳、物静かな大人の女性だ。昔の彼女を知っている人は、その変わりように驚くだろう。エド・コールドウェルとはヒューストンの大学時代からの友達だった。彼は二年先輩で、レスリーは彼が卒業したあと、つぎの学期で中退し、エドの父がヒューストンで開いている法律事務所で弁護士補助員になった。そしていま再び、エドがレスリーの窮状に救いの手を差しのべてくれた。レスリーが彼のいとこの会社——手広く事業を展開している大企業コールドウェル社に役員秘書として雇ってもらえたのは、エドのおかげだった。

レスリーはメイザー・ギルバート・コールドウェル——地元ではマットで通っている——と面識がなかった。噂《うわさ》によれば、彼は気さくで弱い者に思いやりのある人らしい。エドもいつもそう言っていた。いまは牛集めのシーズンだ。エドはレスリーをマットに引き合わせようと思ってここに連れてきた。だが、ここから見えるのはもうもうたる土埃と、牛の群れと、忙しく働いているカウボーイたちだけだ。

「ここで待っていてくれ」エドは言った。「マットを探してくる。すぐに戻るよ」

彼は馬を走らせながら必死でしがみついている。あの乗り方ったら。レスリーは唇を嚙《か》んで笑いをこらえた。彼はどう見ても車のハンドルを前に座っているほうがさまになる。けれど、そんな失礼なことを口に出すつもりはなかった。エドはたった一人の友達であり、レスリーの過去について知っているのは、ここでは彼だけだった。

丘の上の男はエドを見送っている女を見ていた。馬に乗っている格好はなかなかいい。すらりとした姿は、いい女を見慣れている男——つまり馬上の男の目にも魅力的に映った。彼は衝動的に馬に拍車をかけ、彼女の背後から丘を駆けおりた。彼女は気づかなかった。彼が手綱を引き、馬が大きくいななった時にはじめて振り返った。

その男は作業服を着ていた。ほかのカウボーイたちと同じ服装だったが、似ているのはその点だけだった。男には粗野なところがなかった。歯並びは完《かん》璧《ぺき》だし、むさくるしい髭面《ひげづら》でもなかった。片手で手綱を握り、もう一方の手をジーンズの腿の上に置いている様子には、圧倒するような雰囲気があった。

マット・コールドウェルの黒みがかった目が女の

灰色の目をとらえた。彼女の身のこなしは優雅で、体の線は完璧だ。しかし彼が予想していたような美人ではなかった。

「エドが連れてきたんだな?」彼はぶっきらぼうにきいた。

レスリーは彼の外見から野太いざらざらした声を想像していたが、そうではなく、切れ味の鋭いナイフのような声だった。彼女は両手で手綱を握りしめた。

「あの……ええ。彼が……」

おずおずとした返事が意外だった。エドが連れてくる女はたいてい小生意気で厚かましく、いま彼の目の前にいる恥ずかしがり屋の女よりずっとあかぬけたタイプだった。エドはよくガールフレンドをマットの牧場に連れてきて、彼女たちを感心させるのだ。いつもならマットは気にもしない。だが、その日は腹立たしいことの連続で、虫の居所が悪かった。

彼は眉をひそめた。

「君は牛や牧場に興味があるのか?」マットは氷のように冷たい口ぶりできいた。「なんならロープを貸すから腕前を見せてもらおうか」

彼女は体中の筋肉がこわばるのを感じた。

「私は……エドのいとこに会いに来たんです」彼女はやっとのことで言った。「彼は大富豪で――」

男の目が鋭く光り、彼女は赤くなった。はじめて会った男にこんなことを言った自分にあきれた。

「あの……つまり……彼はエドが勤めている会社の社長で、私も……」舌を噛み切りたいくらいだった。不器用にぼそぼそ言い訳している。そこに男性がいるだけでうろたえている。

濃い眉の奥にある男の目の中で何かが光った。感じのよい光ではなかった。彼は馬の上で身を乗り出し、目を細くした。

「エドとここに来た本当の理由は?」

彼女はごくりと唾《つば》をのんだ。頭の中が真っ白になった。大蛇ににらまれたうさぎのようだった。なんて怖い目……底なしに暗くて！

「あなたには関《かか》わりのないことでしょう？」彼女はようやく言った。頭が空洞になってしまったようで腹立たしかった。尋問する権利があると言わんばかりの男の態度に腹が立った。

男は無言だった。ただじっと彼女を見ている。

彼女は不快そうに肩をすぼめた。

「あなたのその態度、とても感じが悪いわ！」

「君は社長に会いに来たって？」男は薄気味悪いなめらかな口調でたずねた。「彼が物やわらかな男じゃないことを誰かに聞いていなかったのか？」

レスリーは喉をごくりとさせた。

「気さくでとても感じのよい人だと聞いているわ。あなたのことをそう言う人はまずいないでしょうね。よほどの変わり者なら別でしょうけど！」こんなにずけずけと言ったのは何年ぶりだろう。

男の眉がぴくりとあがった。彼は突然笑った。

「僕が気さくでもなく、感じもよくないとどうしてわかる？」

「あなたはコブラみたいよ」

彼はしばらくじっと彼女を見つめた。それから大きな泥だらけのブーツで馬の腹を軽く蹴《け》り、彼女が体をびくんとさせるほど間近に迫った。おじけづいて口もろくにきけない女なら、彼ははなもひっかけなかった。しかし、気骨のある女となるとまったく別だ。彼は機嫌が悪い時の自分にびくつかない女が好きだった。

男はレスリーの背後に手を回し、鞍《くら》の後部をつかんで至近距離から目を合わせた。

「ぼくがコブラなら君はなんだろうな？　カップケーキ？　それとも毛がふかふかの、小さいうさぎちゃんか？」

彼はわざとらしいくすぐるような口調で言った。あまりに接近しているので、彼の息のかすかなたばこのにおいと、細面の日焼けした顔につけているローションの香りが嗅《か》ぎとれた。

レスリーは身をすくませ、男から離れようと焦って手綱を引きしぼった。すると馬がいきなり後ろ足で立ち、彼女は鞍から放《ほう》り出され、草地に落ちて腰と肩をしたたか打った。

マットは驚いて声をあげ、ひらりと馬からおりて駆け寄り、彼女を助け起こそうとした。手の差しのべ方が少し乱暴だったかもしれないが、彼女が身をすくめて異様に怯《おび》えたのでびっくりした。マットは女性に拒まれたことがない。とくに彼女のような十人並みの器量の女が彼にすげなくすることは決してなかった。彼女はマットがいつも付き合っている女性たちに比べて、はるかに冴《さ》えなかった。

レスリーはマットの手をがむしゃらに払いのけようとした。大きく見開いた彼女の目は異様な光を帯び、完全にパニックに陥っている。

「やめて！」彼女は悲鳴をあげた。

マットはその場に凍りついた。つかんでいた彼女の腕を放し、わけがわからず、眉をひそめて彼女を見つめた。

「レスリー！」

向こうで声がした。エドが、いまにも鞍から落ちそうな勢いで馬を飛ばしてきた。彼はずり落ちるように馬からおり、レスリーのそばにしゃがんで手を差し出した。彼女はその手にすがって立ちあがった。

「ごめんなさい。うっかり手綱を乱暴に引いてしまったの」レスリーは落馬の原因を作った男の方は見ずに言った。

「だいじょうぶかい？」エドが心配そうにきく。

「ええ」レスリーはうなずいた。だが、震えていた。

二人の男にもそれはわかった。

エドはレスリーの頭越しに、長身の細く締まった体つきの男を見やった。

「で……二人はもう名乗り合ったのかな？」

マットの感情は入り乱れていた。中でも、大げさに騒いだ女に対する怒りが強かった。僕は助け起こそうとしただけだ。なのにまるで暴行されかかっているような騒ぎだ。腹が立った。それを隠せなかった。

「つぎに頭のおかしいのを連れてくる時には、前もって警告してほしいな」

長身の男はエドに向かってぶっきらぼうに言い、冷ややかに身をひるがえして馬に乗ると、馬上から二人をにらみつけた。

「その女を連れて帰ったほうがいいぞ。牛のそばをうろつかれると、何が起こるかわからない」

「彼女は乗馬がうまいんだ。いつもは――」エドは弁解しかけたが、馬に乗った男ににらまれ、微笑を繕った。「オーケー。じゃ、あとでまた」

背の高い男は帽子を目深に引きおろし、無言のまま馬の向きを変えると、さっきいた丘の方へ去っていった。

「やれやれ！　彼があんなに機嫌が悪いのは珍しい。いったいどうしたっていうんだろう。いつもは礼儀正しい男なんだ」

エドは困ったように笑い、明るい褐色の髪をかきあげた。

レスリーはジーンズの土を払い、暗い目でエドを見あげた。

「まるで迫るように馬を寄せてきたの。それで……私はパニックに陥ってしまって。悪いことをしたわ。彼はここの監督か何かなんでしょう？　このことであなたがいとこから苦情を言われたりしないといいけれど」

「あれが僕のいとこなんだ、レスリー」

レスリーは目を丸くした。「あの人がマット・コールドウェル？」

エドはうなずいた。

レスリーは長いため息をついた。「なんてことでしょう。フード・チェーンの社長に嫌われるなんて、私の新しい仕事は最高のスタートを切ったわけだわ」

「彼は君について知らないから――」

レスリーの目に怯えが走った。

「彼に話さないで。本当に、お願い！　過去の詮索《せんさく》なんて絶対にしてほしくないわ。私がここに来たのは、記者や映画プロデューサーから逃れるためよ。それが目的ですもの。髪を染め、服を買い替え、コンタクトレンズを入れて、私だということをわからなくするためにできることは全部したわ。もうきっぱり終わりにしたいの。あれは六年も前のことよ」

彼女はやりきれなそうに言った。「なぜ世間はそっとしておいてくれないのかしら」

「記者はトップ記事を追いかける」エドはやさしく言った。「君を襲った男たちの一人は酒気帯び運転で捕まり、ほかの一人は、親父《おやじ》がヒューストンのお偉方だ。となれば、マスコミがお母さんの事件を蒸し返さないほうがおかしい。今年は選挙の年だしね」

レスリーはいまいましさに歯をくいしばった。

「ええ。だからあのプロデューサーはテレビ映画を作って一山当てようって気になっているのよ。ごめんこうむるわ。もう過ぎてしまったことだと思っていたのに」彼女はしょんぼりと肩を落とした。「私が大金持の有名人だったらどんなにいいかしら。もしそうなら、安らぎやプライバシーをいくらかでもお金で買えるでしょう」

レスリーは丘の方に目をやった。そこでは長身の男が馬上から牛の群れを静かに見守っていた。

「あの人が誰か知らずにばかなことを言ってしまったわ。彼はきっと、月曜日の朝、真っ先に人事部に出向いて、私を雇うなと命令するでしょうね」

「そんなことはさせないよ」エドはきっぱりと言った。「僕はとるに足らないいとこにすぎないかもしれないが、れっきとした株主だ。もし彼が君をくびにするなら、僕は黙っていない」

「私のためにそんなことまで？」

エドはレスリーの短い金髪をそっとかきまぜた。「君は友達だ。僕自身もひどい打撃をくらった。もう誰とも真剣な付き合いはしたくない。でも君とは仲よくしていたいんだ」

レスリーは悲しげに微笑した。「うれしいわ。あなたは私にそんなふうに接することができるのね。私は……とてもだめ……」彼女は喉をごくりとさせた。「男性に近寄られるとだめなの。どんなふうであれ嫌なの。セラピストはいつかは治る、心からこの人と思う人に出会ったら変わると言ったけれど、どうかしら。あれからずいぶん経《た》つけれど……」

「くよくよするんじゃない」エドは言った。「じゃあ、町に戻ろうか。君においしいバニラ・アイスクリームをおごってあげようと思うんだが、その提案はどう？」

レスリーはにっこりした。「ありがとう」

エドは肩をすくめた。「変わらぬ友情の証《あかし》に。さあ、行こう」丘の方へ目をやった。「今日の彼は本当に変だ」

マット・コールドウェルは二人の訪問者が去るのを、不機嫌な表情で眺めた。むやみに腹が立った。めったにないことだった。あの小柄なブロンドは僕をいやらしい好色漢のようにあしらった。僕が彼女に気でも引かれたと思ったのか？　まさか！　映画スターにも追いかけられる僕が？

マットは荒い息を吐き、ポケットからしなびた葉巻を出してくわえた。火はつけなかった。彼は悪習をやめようと努力していたが、なかなか断ち切れなかった。その葉巻は、しばらく前から、彼をニコチンから救おうとやっきになっている秘書の攻撃目標になっていた。町にある会社からここへ来て一時間あまりだが、葉巻の端はまだ湿っていた。彼はため息をもらして葉巻を口から抜き、悲しげにそれを眺め、もとのところへしまった。彼と秘書は〝くびだ！〟〝やめさせていただきます！〟と啖呵《たんか》を切り合う寸前までできていた。彼女は仕事ができて、既婚者で、子供が二人いる。マットは彼女を手放したくなかった。手放すなら、彼女より葉巻だ。彼は決めた。

マットは小さく遠ざかっていく馬上の二人連れに再び目をやった。エドは妙なガールフレンドを手に入れたものだ。当たり前だが、彼女はエドが助け起こすのを拒まなかった。マットに対しては、まるでけがらわしいものにでも触れられたかのように身をすくませた。思い出すごとにいっそう腹が立ってくる。マットは遠くで鳴いている一頭の牛の方へ馬を向けた。働けばむかっ腹が静まるかもしれない。

エドはレスリーを下宿に送り、玄関の前ですまなかったと謝罪した。

「本当にくびにならないかしら？」彼女はしょんぼりときいた。

エドはうなずいて断言した。「ならないよ。言っただろう。そんなことはさせない。心配するな。いいね？」

レスリーはなんとか微笑を浮かべた。「いつもありがとう、エド」

彼は肩をすくめた。「どうってことない。じゃ、月曜日に」

レスリーは彼がスポーツカーに乗り、エンジンの音を轟《とどろ》かせて走り去るのを見送った。それから部屋にあがった。通りに面した角部屋だ。

あの人を敵に回してしまった。そんなつもりは少しもなかったのに。あのことがこれから先に影を落とさなければいいけれど。私にはもう戻るところがないのだから。

月曜日の朝、レスリーは印象をよくするために五分前にはデスクに着いていた。

市場調査部の副部長と部長付きで、さまざまな事務をこなすコニーとジャッキーには好感が持てた。レスリーの仕事は決まっていて、牛をどこにどれだけ売ったかという出荷記録と、一頭一頭の飼育歴のファイルの管理だった。骨の折れる仕事だが、数字を扱うのが好きだったので楽しかった。

レスリーの直属の上司はエドだったから、これほどいい職場環境はなかった。会社はジェイコブズビルのダウンタウンにあり、ビクトリア朝風の古い美しい邸宅を、マットが丁寧に手を加えて本社社屋にしたのだった。オフィスが二つのフロアを占め、かつてキッチンとダイニングルームだったところは、休憩時間のためのカフェテリアになっていた。

マットがオフィスにいることはあまりなかった。始終あちこちを飛び回っている。自分のビジネスのための出張はむろんだが、ほかの会社の重役を務めているうえ、大学の理事もしていた。商談はあらゆるところにある。南米に出向いたこともあった。南米で盛んになりつつある牧畜業への投資の可能性を探るためだったが、彼は熱帯雨林に火を放って焼き払うという開拓方法を目にし、アマゾンの密林が壊滅に瀕《ひん》している現状に愕然《がくぜん》として腹を立てて帰ってきた。そのような自然破壊に加担するのはごめんだったのだ。彼はオーストラリアに目を転じ、ノーザンテリトリーに広大な牧場用地を買った。

エドはいくつかの例をあげて、事業を拡大していくおもしろさを語った。レスリーは目を見開いてじっと聞いていた。それは彼女が知らない世界だった。レスリーと母親は、事件によって引き裂かれる以前の、もっとも恵まれた時ですら貧しかった。いまレスリーはまずまずのサラリーをもらっているが、小さな部屋を借りるのと、タクシーで通勤しなければならないので極力節約している。旅行するほどの余裕はなかった。自家用ジェット機で世界中どこへでも飛んでいけるマットをうらやましく思った。自分にはまったく縁のない世界をちらっとのぞいた感じがした。

「お付き合いも多いんでしょうね」レスリーはぽつりと言った。以前エドから、彼のいとこはニューヨークの牧畜業者の晩餐会《ばんさんかい》によく出かけると聞いたことがあった。

「女性とかい？」エドは笑った。「彼は女性たちを棒で追い払ってるよ。マットはテキサス南部でもっとももてる独身男性だが、真剣に女性と付き合ったことはないみたいだな。彼にとって女性は、連れて歩くための、見栄えのいい、きれいなアクセサリーってところかな」エドはちらっと微笑して先をつづけた。「女嫌いなのかもしれない。町の若い娘の一人や二人に泣く肩を貸してやったことぐらいはあったが、それだけのことだ。彼を追い回すようなタイプの娘たちじゃなかったし。マットがそんなふうなのは、辛《つら》い子供時代が尾を引いているせいなんだよ」

「何があったの？」レスリーはきいた。

「母親に捨てられたんだ。六歳の時に」

レスリーは息をのんだ。「なぜ？」

「母親の新しい男が子供嫌いだった。その男はマットを受け入れなかった。で、彼女はマットを僕の親父に預けた。彼と僕は一緒に育ったんだよ。だから、兄弟みたいなものなんだ」

「彼のお父さんは？」

「うーん……彼の父親の話はやめておく」エドは顔をしかめた。「これ以上話せないんだ」

「そう」

「マットが誰の子か、母親にもわからないんじゃないかな」エドは打ち明けた。「当時彼女にはたくさん男がいたって話だ」

「でも夫は……」

「夫？」

レスリーは目をそらした。「ごめんなさい。彼女は結婚していたと思ったの」

「いや。ベスは結婚で縛られるのを望まなかった。彼女はマットも望まなかった。中絶しようとしたんだが、彼女の両親が必死で止めた。彼らはとても孫をほしがっていて、マットが生まれるとすぐにベスとマットを自分たちの家に引きとったんだ」

「でも、さっき、あなたのお父さんが彼を養育したと言ったわ」

「マットのまわりには悪いことがばたばたと起こってね。僕らの祖父母は自動車事故で死んだ。その二カ月後には彼らの家が火事で焼けたんだ」エドはつづけた。「保険金目当ての放火だという噂が立ったが、証拠は何もあがらなかった。火が出たのは朝の早い時間で、その時マットはベスと外に――庭にいた。薔薇《ばら》の花を見せようとしてマットを外に連れ出したというんだが、かなり妙だ。ベスはふだんそんなことをする人間じゃなかったから。でも、マットにとっては幸いだった。家の中にいたら死んでいただろうからね。おりた保険金でベスは新しい服やら新しい車を買った。そしてマットを僕の親父に預けて男と出奔したんだ」

マットの気持を思うと、エドの目にはいまさらながら怒りがわいた。

「祖父はマットに牧場の牛の何割かと、二十一歳になるまで手をつけられない信託預金を少しばかり遺《のこ》した。ベスもさすがにそれは横どりできなかった。遺産を手にすると、マットは金儲《もう》けの天分を発揮した。彼は決して過去を振り返らなかった」

「その後、お母さんはどうなったの？」

「風の噂では数年前に死んだらしい。マットは絶対に母親の話をしないんだ」

「かわいそうな人」

「それは禁句だ」エドは即座に言った。「マットは同情されるのが嫌いだから」

「そうでしょうね。でも、気の毒だわ。とても寂しい生い立ちですもの」

「君には彼の気持がよくわかるんだね」

「そうみたい」レスリーは悲しげにほほ笑んだ。

「私の父は早くに亡くなって、母は母なりに懸命に母子家庭を支えていたわ。母はたいして頭はよくなかったけれど美人だった。彼女は自分の持っているものを利用したの」レスリーの目に怯えが走った。

「母がしたことを思うといまでもたまらない。人間って、あんなふうに、一瞬のうちに自分や他人の人生を滅ぼすこともできる。恐ろしいことよね。それにどうしてあんなことになったのかしら？　嫉妬《しっと》？　嫉妬する理由なんてかけらもなかったのに。彼は私を好きだったわけじゃないわ。彼とドラッグでハイになった仲間たちは、うぶな女の子をもてあそんだだけ」レスリーは思い出して身震いした。「母は、私が彼を愛していると思っていたんだわ。そして、嫉妬でおかしくなって彼を失った。彼は死んだの」

「お母さんが撃ったのはたしかに間違いだ。だが、その時そいつとその仲間が君にしていた行為はとうてい庇《かば》ってやれることじゃないよ、レスリー」

レスリーはうなずいた。そしてさらりと言った。

「ええ、この世には不当な目にあう子供がいるわ。

でも、よりよい将来を切り開けるかどうかはその人しだいよ」

とはいえ、レスリーは、大多数の子供のようにごくふつうの家庭で育ちたかったと思った。

そんな話をしたあとではレスリーはマット・コールドウェルに同情を覚え、もっとましな出会い方をしたかったと思った。過剰に反応してしまったのが悔やまれた。けれど、日頃は女性に礼儀正しいという彼があんなに不作法だったのが不思議だった。きっと、よほど機嫌が悪かったのだろう。

その週も終わる頃、マットは本社に戻った。レスリーは、あの最初の出会いがひどく崇《たた》ってきそうな気配を感じた。

マットは、エドが会議で席を外しているあいだに彼のオフィスに行き、パソコンのキーボードを叩《たた》いているレスリーを、いまだに腹立ちをたたえた冷たい目で眺めた。彼女はマットに気づいていなかった。彼は先入観にとらわれながらも、好奇心をそそられ、じっくりと彼女を見た。やせていて、身長は高からず低からずだ。巻き毛の金髪が頬にかかっている。きれいな肌だが、青白すぎる。彼の記憶にもっとも焼きついているのは彼女の目だった。近寄った彼に向かって大きくおぞましげに見開かれた目。この世の女性は、たとえ彼に魅力を感じなくても、その金にはめろめろになる。この惑星に、彼の財力にはなもひっかけない女性が一人はいることを知ってマットは驚いた。僕を毛嫌いする女性がいる。これはおもしろくない新発見だった。これまで女性に冷淡にされたためしがなかったマットの胸に、あの出来事はしこりを残し、さらに悪いことに、かつて彼を拒絶した女——六歳の彼を邪魔にして捨てた母親の記憶を引きずり出した。

レスリーは視線を感じて顔をあげた。灰色の目を大きく見開き、キーボードの上に両手を浮かせたままマットを見つめた。

彼はグレーの三つ揃《ぞろ》いの、見るからに高価そうなスーツを着ていた。黒みがかった目が切りつけるように冷ややかだ。葉巻を手にしているが、それに火はついていなかった。ここで吸わないでほしい。レスリーはたばこの煙にアレルギーがあった。

「君はエドの部下か」マットは冷たくぼそりときいた。

「彼の秘書です。あの……ミスター・コールドウェル――」

「君はこの仕事を手に入れるために何をしたのかな?」彼は皮肉っぽい微笑をうっすらと浮かべた。

「こういうことはよくするのか?」

レスリーは彼の言う意味がわからなかった。「なんのことでしょう?」

「君よりふさわしい応募者が十人以上いたのに、なぜエドが君を選んだのかということさ」

「それは……」レスリーは口ごもった。事実を言うわけにはいかなかった。彼が眉をひそめるような話まですることになってしまうから。「私は短大卒と同等の資格がありますし、弁護士補助員として四年間エドのお父さんの法律事務所で働きました。学位は持っていませんが、経験はあります。ともかくもエドは私を買ってくれています」

「大学を中退した理由は?」

レスリーはどきりとした。「あの……個人的な問題があって」

「ミス・マリ、君はいまも個人的な問題を抱えている」のんびりとした口調だったが、彼の表情は硬く、目は冷たい光を放っていた。「その問題リストのトップに僕がいる。君を雇うかどうかについて、僕には別の考えがあった。というわけだから、君はエドの期待に背かないようにすることだな」

「人件費の無駄になるようなことはしません」レスリーはきっぱりと言った。「私は生活のために働いています。楽をして賃金を得ようなんて気持はありません」

「そうかい？」

「はい、ありません」

マットは葉巻を口元に運んだが、湿った先端に目をやり、ため息をつくと、火をつけないまま、また端を持って指先にぶらさげた。

「お吸いになるんですか？」レスリーは彼の仕草を見てたずねた。

「そうしたいんだが」彼はつぶやいた。

まさにその時、金髪を後ろでひっつめ、紺に白をあしらったスーツを着た、四十代のきりりとした女性が廊下をこちらへ向かってやってきた。

彼女はエドのオフィスの開け放ったドアの前で足を止めた。マットは彼女をにらんだ。

「ミスター・コールドウェル、この書類にサインをいただきたいんですが。それと、ミスター・ベイリーが例の委員会のことでお話ししたいと待っていらっしゃいます」

「ありがとう、エドナ」

エドナ・ジョーンズはレスリーにほほ笑みかけた。

「調子はどう、ミス・マリ？ 忙しそうね」

「はい。ありがとうございます」レスリーはにっこりした。

「あれに火をつけさせてはだめよ」エドナはマットが指にぶらさげている葉巻を指さした。「もし、これが必要なら――」彼女は小さな水鉄砲をちらつかせながら、目を三角にしているマットに微笑を向けた。「あなたにも一挺《ちょう》調達するわ。お喜びください、ミスター・コールドウェル。重役室のすべての女性たちにこれを配りましたからね。いまや私たち全員であなたの禁煙を応援いたしております」

マットはエドナをにらみつけた。彼女はまるで二十歳の娘のようにくすくす笑ってレスリーに手を振り、廊下を戻っていった。マットはコミカルな動作で彼女を追いかけそうになったが、危うく自分を押しとどめた。敵に弱みを見せてはならない。

レスリーの灰色の目に笑みのかけらがひらめいたが、マットはそ知らぬ顔をした。彼は冷ややかにうなずくと、エドナのあとを追った――端の湿った、高価な葉巻を大きな手の先にぶらさげて。

2

マットがレスリーを目障りに思っているのは明らかだった。レスリーがここにいることが気に食わないのだ。マットはエドに山ほど仕事を言いつけたが、それは必然的にレスリーに回ってくるということだった。それもほとんどが必要とは思えない、たとえばパソコンのファイルに入っていない十年前の飼育記録をまとめて入力しろなどというものだった。過去にさかのぼって種牛の子孫を追跡チェックするためだとマットは言ったが、レスリーが抱えている仕事を見てエドも不平をもらした。

「こういう作業のためにほかの秘書がいるんだ。君にはほかの仕事をしてもらいたいのにね」

エドはレスリーのデスクの上の、ページが黄ばんだ記録帳簿をあきれた目つきでにらんだ。

「彼にそう言ってみたら？」

エドは頭を振って苦笑を浮かべた。「この頃《ごろ》マットは話せる雰囲気じゃない。どうかしてしまっている」

レスリーはふと思い出して言った。「彼の秘書は武装しているのよ。知っていた？　彼女は水鉄砲を持ち歩いているわ」

エドは笑った。「マットが禁煙の応援を頼んだのさ。彼はオフィスの中で吸うことはまずないんだが。で、ミセス・ジョーンズは、吸わせないためには葉巻に火がつかなければいいわけだと考えた。そこで彼女は水鉄砲を買いこんでほかの秘書たちにも武装させたんだ。どこの重役室でも、葉巻をくわえようものならぴゅーっとやられる」

「危険なレディたちね」

「まったくだ。僕は目撃したんだが……」

「君たちは暇を持てあましているのかな？」

エドの背後でやわらかく、深みのある声がした。だが冷やかすような口調とは裏腹に、こちらを見る黒みがかった目は刺すようだった。

「すまない、マット」エドは言った。「ちょっと一息入れていたんだ。何か用かい？」

「例の、バレンジャー兄弟に預けた牛の最新の記録がほしいんだが」マットはじろりとレスリーを見た。「たしか、それは君の仕事だったな？」

レスリーは思わず喉をごくりとさせた。キーボードを叩《たた》く指がこわばって間違ったファイルを開いてしまい、もう一度やり直さねばならなかった。ふだんのレスリーはそこまでぴりぴりしないのだが、マットに後ろに立たれると、ひどく硬くなった。エドも居心地悪そうだった。彼は電話が鳴ったのを潮に、すまなそうな目をレスリーに投げかけてそそくさと戦線を離脱し、自分のオフィスに引きあげていった。

「君はパソコンの扱いに習熟しているはずじゃなかったのかな?」

マットは皮肉っぽく言い、レスリーに近寄って肩先からのぞきこんだ。

大きな体を間近に感じて、レスリーは全身がこわばった。キーボードの上で指は凍りつき、ほとんど息すらできない。

マットは小声で悪態をつき、こみあげる怒りをなんとか抑えこみながら後ろにさがった。両手をズボンのポケットに深く突っこんで、レスリーの背中をにらみつけた。

レスリーはほっとした。ともかくも言われたファイルを開き、記録をプリントアウトした。

マットはプリンタが吐き出した紙をとりあげ、あら捜しをするようにじろじろと目を通し、悪態と一緒にレスリーのデスクの上に放《ほう》り出した。

「半分以上綴《つづ》りが間違っているぞ」彼は冷ややかに言った。

レスリーはパソコンの画面上の文書を見てうなずいた。「そうですね、ミスター・コールドウェル。申し訳ありません。でも、これは私が入力したのではありません」

むろん、この十年前の記録は彼女が入力したものではない。しかしマットの中の何かがレスリーに責任をなすりつけたがっていた。

マットはデスクのそばを離れて残りのページに目を通した。「入力し直してくれ。これは読むにたえない」

このファイルには何百もの記録が入っている。全部打ち直すとすると、その作業は数時間どころか数日がかりになるだろう。だが彼は社長であり、物事を決める権限がある。レスリーは唇を引き結んでマット・コールドウェルの顔を見た。いまは体が触れ合う危険のない距離があいているので、怯《おび》えることはなかった。

「ご命令ならいたしますが、エドの仕事は何もせずに、二カ月も三カ月もこれにかかりきりでよろしいのでしょうか？」

レスリーが冷ややかに言うと、マットが驚いたように顔をあげた。

いままでおどおどした子供のようだったレスリーが、打って変わって恐れもせずに言い返したので、マットはまごついた。

「期限はつけていない。入力し直すようにと言っただけだ！」

「たしかにそうでした。かしこまりました」レスリーはてきぱきと答え、心にもない微笑を浮かべた。

マットはぐっと息を吸い、レスリーをにらみつけた。「非常にいい返事だ。それとも、それはただ、僕が社長だからなのかな？」

「私は誰に何を頼まれても、快い返事をしたいと思っています。その頼みが理不尽でない限り」レスリーはきっぱりと言った。

マットはデスクのそばに戻り、コピーの束を置こうとして身をかがめた。すると彼女はびくんと身をすくめた。どういうことなんだ。こんなにわけのわからない女ははじめてだった。

「理不尽とはどういうことだ？」

マットはレスリーの目を見た。彼女は幽霊でも見たような顔をしていた。数秒前まで遠慮なくはきはきとものを言っていたのにどうしたんだ？　マットは面食らい、自分が何か悪いことでもしたような居心地の悪さを覚えた。彼は後ろを向き、開いているドア越しに、奥の自分のオフィスにいるいとこに声をかけた。

「エド！　僕のところからアンガス牛のファイルを持っていったか？」

エドは電話が終わると、ファイルホルダーを持ってきた。「すまない。数字を見て体重増加率を出してみたかったんだ。すぐデスクに戻すつもりが、忙しかったんでね」

マットは黙って数字を眺め、うなずいた。「文句ない。バレンジャー兄弟はよい仕事をしてくれている」

「彼らは規模を大きくする計画があるようだ。よそのことでも景気がいい話はうれしいね」エドは笑顔を広げた。

「そうだな。彼らは一生懸命にやってきたんだから少しはいい目を見て当然だよ」

レスリーはエドとしゃべっているマットをひそかに観察した。母親に捨てられた六歳の男の子を想像すると胸が締めつけられた。レスリーの子供時代もさほど幸せではなかったが、マットの場合はずっと悲惨だ。

マットは灰色の目が自分の顔に注がれているのを感じた。彼はいきなり視線を合わせた。彼女は赤くなって目をそらした。

どうして赤くなったんだ？　彼女は何を考えていたんだろう？　マットは訝《いぶか》った。彼女は僕に男の魅力を感じてはいない。それはこのあいだのことではっきりわかった。それなら、あの目はなんなんだ？　わからなかった。彼女はわからないところだらけの女だ。服装はきちんとしているし、趣味も悪くない。だが、あれはうら若い女性が着るような服じゃない。そこそこに暮らし向きのよい女性といった格好だ。ミニスカートにへそ出しを奨励するわけではないが、あれは覆い隠しすぎじゃないか？　スカートはくるぶしに届き、ブラウスは長袖《ながそで》、しかもハイネックでボタンを喉のところまできっちりかけている。

「ほかに何かあるかい？」エドはそわそわときいた。

いま以上に面倒なことにならないでほしかった。

「いや、いまは何も」マットはがっしりした肩をすくめ、レスリーの方に向き直った。「このファイルの打ち直しを忘れないように」

マットは出ていった。

いとこの後ろ姿を見送りながら、エドは眉をひそめた。「なんのファイルだ？」

レスリーは一部始終を説明した。

「マットはいままでそんな古い記録を見たためしがない。どうしていま急にこんなものを打ち直す必要があるのかさっぱりわからないな」

レスリーは身を乗り出し、声をひそめた。「嫌がらせだわ。彼は私をこき使いたいのよ！　私だって親指を休める時間が必要だわ」

エドはまさかというように眉をつりあげた。「マットはつまらないことを根に持つ男じゃない」

「それはあなたの見解でしょう？」

マットが投げ出していったファイルをキャビネットに戻しながら、レスリーは顔をしかめた。

「あなた宛《あて》の手紙に返事を書いてしまったらとりかかるわ。彼は私に残業をさせたいのかしら？　超過勤務手当てを請求されてもかまわないってことかしら？」レスリーはいたずらっぽい微笑を浮かべた。

かつての彼女の片鱗《へんりん》がちらりとのぞいた。

「僕からきいてみる。君はいつもどおりに仕事をしてくれ」

「オーケー。ありがとう、エド」

エドは肩をすくめ、にっこりとした。「それが友達ってものだろう？」

ここはまったく愉快な職場だった。重役のオフィスで働く女性たちは、手ぐすね引いてマットをやっつけようとしていた。レスリーはその現場をそこで目撃した。彼の秘書のエドナ・ジョーンズは、バルコニーに出て葉巻を吸おうとするマットを見つけると水鉄砲を手に観葉植物の鉢の後ろに身をひそめ、彼が火をつける瞬間を狙《ねら》って撃った。ある時彼がベッシー・デイヴィッドのデスクに葉巻をのせると、ベッシーは〝いかにもさり気なく〟それを彼の飲みさしのコーヒーカップの中に落とした。マットは葉巻をつまみあげ、コーヒーのしずくをぽたぽたさせながら、恨みがましげにベッシーをにらみつけた。

するとベッシーは澄まして言った。「そうするようにと、以前社長がおっしゃったからですわ」

マットはあきらめ顔で濡《ぬ》れそぼった葉巻をカップの中に戻した。

一部始終を見ていたレスリーは、急いで休憩室に駆けこみ、こっそり笑いころげた。マットはどの部下にも驚くほど気さくでやさしかった。だがレスリーにはとげとげしい態度をとった。もし私が彼に水鉄砲を発射したらどうかしら？　マット・コールドウェルに追いかけられてジェイコブズビルの大通りを一目散に逃げるところを想像し、レスリーはくすくす笑った。そして、すっかり変わってしまった自分を残念に思った。あんなことが起こる前の私なら、すらりとしてしかもたくましい彼をとてもすてきだと思っただろうに。

数日後、マットが火のついていない葉巻を指先にぶらぶらさせてエドのオフィスにやってきた。レスリーはほかの秘書たちのどたばた喜劇を大いに楽しませてもらっていたが、その葉巻を見ても何も言わずにいた。

「牧畜業者組合がブルセラ病の検疫についてどんな提言を出してきたか見たいんだが」

「は？」レスリーは彼をじっと見た。

マットは彼女の目を見返した。レスリーの姿はしだいに彼の目になじみつつあった。マットはそういう自分が気に入らなかった。彼女には反感を持っているべきだった。プライドをぺしゃんこにされたことを忘れることはできないはずだった。

「ここにあるとエドが言っていた。昨日郵送されてきたはずだ」

「はい」

レスリーはその郵便物がどこにあるかわかった。エドが目を通さずに〝入〟の箱に放りこんである郵便物を、処理してもらわないと困りますと、彼のデスクの上にどさりと置いたのだ。それはいつもの週末の行事で、そうしないと郵便が山となって〝出〟の箱のほうにこぼれてしまうのだ。

レスリーは郵便物の山の中をかき回し、まだ封を切っていない牧畜業者組合から来た分厚い封書をとり出した。それを持って戻り、マットに渡した。

マットはレスリーが歩く姿を見つめた。彼女は片足を引きずっていた。脚は見えない。ゆったりしたニットのスラックスをはいてヒップの下まで隠れるチュニックを着ているからだ。スタイルのよさをひけらかす気が彼女にはまるでない。それだけは明らかだった。

「君は足を引きずっている。このあいだ牧場で馬から落ちたあと医者に診てもらったか？」

「いいえ。その必要はありませんから」レスリーは即座に言った。「あざができただけです。少し痛みますが、たいしたことはありません」

マットは彼女のデスクの電話をとりあげ、内線ボタンを押した。「エドナ、早急にルー・コルトレーンにミス・マリを診てくれるように頼んでほしい。彼女は数日前うちの牧場で馬から落ちたんだが、まだ足を引きずっている。レントゲン検査をしてもらったほうがいい」

「やめてください！」レスリーは叫んだ。

「予約がとれたら日時をレスリーに知らせてくれ。

じゃ、頼む」マットは受話器を置くと、まっすぐにレスリーの目を見てぴしゃりと言った。「君は診察を受けなくてはいけない」

　レスリーは医者が嫌いだった。本当に大嫌いだった。ヒューストンの救急治療室でレスリーを診た医者は、すでに医療の一線を退いた老人だった。その医者はレスリーをごみくずのように扱い、ひどい侮《ぶ》蔑《べつ》の言葉を浴びせた。あの出来事、それに救急治療室での冷たいあしらいは、セラピストが一生懸命に心の手当てをしてくれても、レスリーの中でいまだに消えない二重の心的外傷《トラウマ》となっていた。

「私はどこもけがなどしていません！」レスリーは歯を食いしばってマットをにらんだ。

「君はここの従業員だ。そして君を雇っているのは僕だ。君は診察を受ける。以上」

　レスリーはいっそ会社を辞めたかった。そうできたらどんなにいいだろう。けれどほかにどこにも行く当てがなかった。ヒューストンは問題外だった。いくら外見をカモフラージュしても、街に足を踏み入れたとたん、タブロイド新聞の記者たちにとり囲まれそうで怖かった。

　レスリーは腹立たしさに大きく息を吸いこんだ。

　そんな彼女をマットは訝しく思った。「きちんと診察してもらいたくないのか？　ずっと足を引きずって歩くようになったら嫌だろう？」

　レスリーはまっすぐに顔をあげた。「ミスター・コールドウェル、これはある……ある事故で……。十七歳の時に。それで脚の骨を痛めたんです」どうしてそういうことになったのかは考えたくなかった。「ですから、前からこうなんです。馬から落ちたせいじゃありません」

「それならますます診てもらうべきだ」マットは言った。「君は危険な人生が好きらしいが、以後馬には乗らないほうがいいな」

「おとなしい馬だったんです。私がいけなかったんです。手綱を乱暴に引いてしまったので」

マットは目を鋭くした。「ああ、覚えている。君は僕から逃げようとした。君は僕をけがらわしいもののように思ったらしい」

レスリーは彼の目の中に傷ついた自尊心と、彼女への反感を見てとった。

「そうじゃありません」レスリーはマットから視線をそらして壁を見つめた。「ただ、私は触られるのが嫌なんです」

「エドは君に触るじゃないか」

すべてを打ち明けることなく説明するにはどうしたらいいのだろう。いまわしい過去をマット・コールドウェルに知られるのはたまらなかった。レスリーは悩みながら灰色の目をあげた。

「知らない人に触れられるのが嫌なんです。エドとはずっと前から知り合いです。ですから……彼はほかの人とは違うんです」

マットは彼女のほっそりした顔をじろじろと眺め回した。「そうらしいな」

レスリーはマットの皮肉っぽい微笑に腹が立った。突然、向こう見ずに言った。「あなたはいつでも少し自分勝手なんじゃありません？　あなたにはお金も権力もある。だからこの世の女はすべてあなたの思いどおりになる。そう思っていらっしゃるのかしら！」

マットは目を怒らせた。あらぬ言いがかりだ。

「君がゴシップをそっくり信じているとしたら、それは誤りだ」彼の声は恐ろしく冷静だった。「彼女は甘やかされた娘だった。ほしいと指させばなんでも、男が気に入ればそれもパパが買ってくれると思っていた。それはパパにも買えないとわかると、彼女は僕の友人のところに腰かけ就職し、ジェイコブズビル中を何カ月も僕を追いかけ回した。ある晩僕が家に帰ると、彼女が僕のベッドにもぐりこんでいた。シーツをかぶり、その下は一糸まとわぬ姿で。僕は彼女を放り出した。すると彼女はレイプされたと言い触らして僕を訴えたが、浮かれていられたのは、うちの家政婦のトルベットが呼ばれて、本当は何があったか話すまでのことだった。彼女は負けた

――陪審員の判断でね」

「陪審員？」唖然《あぜん》として聞いていたレスリーは、声をひそめてきき返した。母親の仕打ち以外にも、マットが女性不信に陥る出来事があったとは知らなかった。

「彼女は暴行罪で僕を起訴したのさ」

マットは作り笑いを浮かべた。

「僕は有名人になった。尋常とはいえない過去に加えて、もう一つ汚点がついたわけだ。彼女は後にヒューストンの油田所有者を同じ手口でひっかけようとして失敗した。その男は僕に証言してほしいと言ってきた。彼は無罪判決を勝ちとると、逆に彼女を詐欺とゆすりで訴えた。彼は勝訴し、彼女は刑務所送りになった」

レスリーの胃は締めつけられた。マットもマスコミ報道で傷ついた一人なのだ。気の毒な人。小さい時に辛《つら》い目にあったうえ、さらにそんな追い討ちをかけられるなんて。マットがいまだに独身でいる理由がわかったような気がした。結婚には信頼が求められる。彼の人を信頼する心は、致命傷を受けたのだろうか。いずれにしても、彼が敵意をむき出しにする理由の説明にはなった。彼は私がゆすったり、汚名を着せようとたくらんでいると疑っているのかもしれない。暴行罪で訴えようとしていると思ってさえいるのかも……。

「あなたは私をその人と同類だと思っているのかもしれませんね」レスリーは静かにマットの顔を見あげた。「でも、それは違います」

「だとすれば、君は僕が近寄るたびにまるで襲われかけているかのようにふるまうが、それはなぜなんだ？」マットは冷ややかにきいた。

レスリーはデスクの上に置いた自分の手を見つめた。爪は短く清潔に整えられ、透明なエナメルが塗られている——地味に、目立たないように。それがいまのレスリーの人生だった。マットの問いに答えることもできなかった。

「エドとは恋人どうしなのか？」

その質問にはレスリーはたじろがなかった。「彼にきいてください」

マットは大きな手の中で火のついていない葉巻を回しながら彼女をじっと見、首をひねった。「君はまったく謎《なぞ》の塊だな」

「そんなことはありません。ごくふつうです。でも、医者は嫌いなんです。とくに男性の医者は……」

「ルーは女性だよ。あそこは夫婦とも医者で、小さい男の子が一人いる」

「そうなんですか」女医と聞いて、レスリーは少しほっとした。けれど診察は受けたくなかった。医者はレントゲン写真から骨の損傷の原因を推察してしまうだろう。この土地の医者の口が堅いかどうかもわからない。

「たとえ行きたくなかろうと、君の意向は関係ない。君はこの会社で働いている。落馬事故はうちの牧場で起こった。僕にはとるべき責任がある。あとになって君は医療訴訟を起こす気になるかもしれない」

マットは陰気な微笑を浮かべた。

レスリーはマットを見た。彼がそう思ったとしても、とがめることはできない気がした。

「わかりました。診察を受けます」

「素直でけっこう」

「ミスター・コールドウェル、私は生活するために働いています。あなたは私のことを知らないのですから、私について最悪のことを想像しても仕方ありません。でも、私は労せずして利益を得ようなんて夢にも思っていません」

マットは片方の眉をつりあげた。「似たせりふは前にも聞いたな」

「ええ」レスリーはしょんぼりと微笑し、所在なくキーボードに手を触れた。「ドクター・コルトレーンは会社の顧問医師ですか？」

「そうだ」

レスリーは下唇を噛《か》んだ。「診察結果は――患者のプライバシーは守られるのでしょうか？」

マットはすぐには答えなかった。手の中で葉巻をもてあそんでいた。やがて彼は言った。「プライバシーは守られる。しかし君はまったく好奇心をくすぐる人間だな、ミス・マリ。世間に知られてはならない秘密でもあるのか？」

「誰にでも人に知られたくないことの一つや二つはあるんじゃありません？　でも、一口に秘密といっても、軽い秘密もあれば重い秘密もあります」

マットは親指の爪で葉巻をはじいた。「君の秘密は重いのかな？　君は恋人でも撃ったのか？」

レスリーはどきりとしたが、少しも感情をもらすまいと表情を硬くした。少しでも筋肉を動かしたら、ばりんと割れてしまいそうだった。

マットは葉巻をポケットに入れた。

「ルーの予約がとれたら、エドナが連絡する」彼は唐突に言い、腕時計に目をやると、分厚い封書を掲げた。「僕が持っていったとエドに言ってくれ。それから、あとでこのことで話があると」

「はい」

マットはレスリーを振り返りたい衝動と闘った。あの新しい秘書のことがわかるにつれて、ますます気になってくる。彼女はマットの気持を妙に揺さぶる。だが、その理由はさっぱりわからなかった。

診察の予約をすっぽかすことはできなかった。短い問診のあと、レスリーは病院でレントゲンを撮ってくるように言われた。一時間ほどして診療所に戻り、ルー・コルトレーンが壁の電光板にレントゲン写真をはりつけてじっと眺めるのを、固唾《かたず》をのんで見守った。

ルーは眉をひそめた。「馬から落ちたのが原因と考えられる損傷は見受けられないわね――あざ以外には」彼女はレスリーの目をまっすぐに見た。「ここに骨折の痕《あと》があるけれど、これは古いもので、こんどの事故とは関係ないわ」

レスリーは押し黙っていた。

ルー・コルトレーンはデスクを回って椅子に座り、診察台からおりたレスリーにデスクの向かい側の椅子をすすめた。

「その話はしたくないようね」ルーはやさしく言った。「無理に聞こうとは思わないわ。けがをした時にきちんと治療がなされなかったのね。骨の接合が不完全で、そのせいで足を引きずって歩くことになったのよ。整形外科の治療をしてもらわなくてはならないわね」

「どうしてもとおっしゃるなら、私を荷物にでもして送りつけるしかないでしょうね。私は治療を受けるつもりはありませんから」レスリーは言った。

ルーはデスクの上で両手を組み合わせた。「私を信頼できないのかもしれないわね。それは仕方ないわ。いまはじめて会ったんだから。でも、しばらくジェイコブズビルに住んでいれば、私を信用してだいじょうぶだとわかってもらえるでしょう。私は患者さんのことを絶対に口外しません。夫にすら話さないわ。私の口から何かがマットの耳に入ることはないわよ」

レスリーは黙っていた。はじめて会った人にもう一度あの話を繰り返すことなどできない。セラピストに打ち明けるのも苦しかった。セラピストですらショックを受けていたほどだ。

ルーはため息をついた。「そう、わかったわ。いいのよ。でも、もしあなたが誰かに話さなければならなくなった時には、私がここにいることを覚えておいてね」

「はい。ありがとうございます」レスリーは目をあげ、心から言った。

「あなたはマットのお気に入りではないようね」ルーは唐突に言った。

レスリーは寂しい笑い声をたてた。「ええ。遠からず彼は何か理由をつけて私をくびにするのではないかしら。彼は女嫌いのようですね」

「マットが人を拒むなんて珍しいことだわ。彼は誰にでも気さくで、女性たちにとても人気があるのよ。やさしい人だし。キティ・カースンに結婚を申しこんだこともあったわ。彼女がドルー・モーリスの医院を辞めた時に。もちろん彼女は辞退したわ。キティはドルーをとても愛していたの。ドルーのほうもね。いまでは二人は結婚して幸福に暮らしているわ」

ルー・コルトレーンは言葉を切った。が、彼女の患者は相づち一つ打たなかった。

「マットは魅力的な人よ。お金持でハンサムで、セクシーで、威張ったところなどなくて、とても付き合いやすいのよ」

「いいえ、彼はブルドーザーみたいだわ。いつも高圧的なの」レスリーは冷ややかに言い、不安そうに、身をかばうように両腕を体に巻きつけた。

なるほど。ルーはぴんときた。この若い女性は自分の仕草が何を暴露しているか気づいていないのだろうか。彼女の脚の骨折は誰かに危害を加えられたことによるものにちがいない。男の暴力だろうか。

ルーは医者として理由を知りたかった。

「あなたは人に触れられるのが嫌なのね」

「ええ」レスリーは落ち着かなげにもじもじした。

ルーは体を隠すのが目的のようなレスリーの服装に目を留めたが、それ以上追及しなかった。立ちあがってやさしく微笑した。

「落馬による損傷はないわ。でも、痛みがひどくなるようなら、またいつでもいらっしゃい」

レスリーは眉をひそめた。「痛むって、どうしてわかるのですか?」

「マットが言っていたわ。あなたは椅子から立ちあがる時にいつも顔をしかめるって」

レスリーはどきりとした。「そんなところまで見られていたなんて。ちっとも気づきませんでした」

「彼はよく気がつく人なの」

ルーは医師の処方箋《しょほうせん》なしで買える鎮痛剤を書いて渡し、それで症状がやわらがないようなら診せにいらっしゃいと言った。

レスリーはそうしますと答えたが、心ここにあらずといった状態で診療所を出た。ほかにも何かマット・コールドウェルに見抜かれているのだろうか。彼女は不安になった。


会社に戻って十分と経《た》たないうちに、マットがオフィスの戸口にあらわれた。

「どうだった?」彼はきいた。

「異常はありませんでした」レスリーは言った。「あざだけです。それと、どうぞご心配なく。あなたを訴えるつもりなどありません」

「そうだといいが」

マットは無表情を装ったが、内心は苛立《いらだ》っていた。ルーは何も話してくれなかった。彼女が言ったのは、僕の新入社員は貝のように口が堅いということだけだった。そのことなら、すでに知っている。

「エドに伝えておいてくれ。僕は数日留守にする」

「はい、社長」

マットはもう一度レスリーに目をやり、廊下を引き返していった。彼の姿が完全に見えなくなってから、レスリーはようやく緊張を解いた。

3

その夜、予想できたことだったが、再びあの悪夢に襲われた。ルー・コルトレーンの診療所に行ったうえ、病院でレントゲンを撮ったりすれば、こういうことになるのは目に見えていた。職場でハイヒールをはいているのも、痛めている脚によいはずがなかった。レスリーはうなされ、ぐっしょりと寝汗をかいた。耐えがたいほど脚が痛む。バスルームに行き、アスピリンを二錠のんだ。薬が効いてくれることを祈りながら。そして、決めた。おしゃれはあきらめ、これからは踵《かかと》の低い靴をはこう。

三日後に会社に戻ったマットは、むろん気づいた。オフィスを横切っていくレスリーの歩き方を見て目を鋭くした。

「ルーは痛み止めを出してくれたんだろう?」

金属のキャビネットからファイルをとり出しながら、レスリーは彼を振り返った。「はい、ミスター・コールドウェル。でも、オフィスでうとうとしている秘書なんて、あなたはとんでもないと思われるでしょう。鎮痛剤をのむと眠くなるんです」

「痛みがあれば仕事の能率にひびくだろう」

レスリーはうなずいた。「ええ。ですからアスピリンを持っています。痛くて字の綴《つづ》りを思い出せないというほどじゃありませんし。少しあざができただけで、じきに治ります。ドクター・コルトレーンもそう言っていました」

マットは冷ややかな目を細くして、彼女をじっと見た。「一週間も経《た》っているのに足を引きずっているのはおかしい。もう一度ルーに……」

「私はもう六年もこうなんです、ミスター・コールドウェル」レスリーは目を怒りにきらめかせ、静かに言った。「足を引きずるのを見苦しいと思われるなら、私が歩くところを見ないようになさってはいかがですか」

マットは眉をつりあげた。「医者にかかって矯正することはできないのか?」

レスリーは彼をにらんだ。「私は医者が大嫌いなんです!」

彼女の剣幕にマットは驚いた。彼女は本気で言っている。頬が紅潮し、目が怒りに燃えてきらきらしていた。ふだんとはまるで違う彼女の顔に、マットはふと見とれた。いきいきとしている時の彼女はきれいだ。

「よい医者もいる」

「砕けた骨にどんな手の打ちようがあるのかしら」

レスリーははっとして唇を噛《か》んだ。彼にそんな話をするつもりはなかったのに。

マットの目が問いかけ、彼の唇が問いを発しかけた。が、結局、それは言葉にならずじまいだった。彼がたずねようとしたちょうどその時、エドが自分のオフィスから出てきた。

「マット、おかえり!」エドは両手を広げた。「たったいま、ビル・ペイトンから電話があった。土曜の夜のパーティに、君が出席するかどうか知りたがっていた。ライブのバンドが入るそうだ」

「もちろん行く」マットはどこかしらうわの空で言った。「僕のためにチケットを二枚頼んでおいてくれ。君は行くのか?」

「そのつもりだ。レスリーを連れていこうと思ってる」エドは彼女に微笑を向けた。「毎年恒例のジェイコブズビルの牧畜組合のディナーパーティさ。えんえんとスピーチを聞くことになるけれど、ゴムのようなチキンの試練をくぐり抜ければ、ダンスに行き着ける」

「ダンスなんかしていいのか。彼女は脚が……」マットは重々しく言った。

エドは眉をぴくりとさせた。「君はきっと驚くよ。彼女はラテンダンスが大好きなんだ」彼はレスリーを見てにやっとした。「そういえば、このマットもだ。彼のマンボやルンバはそりゃすごい。タンゴは言うに及ばずだ。彼は数カ月ダンスのインストラクターとデートを重ねていたし、生まれつきリズム感がいいんだ」

マットは何も言わず、レスリーの顔に浮かぶ表情を眺め、彼女の脚のことを考えていた。エドは事情を知っているのだろう。なんとか聞き出そう。

「僕と一緒に乗っていくといい」マットは言った。「ジャック・ベイリーのでかいリムジンを借りて、君の秘書をわくわくさせてやろう」

「それなら僕もわくわくだ」エドは言った。「助かるよ、マット。パーティの時のカントリークラブで駐車スペースを探すのにはうんざりする」

「僕もさ」

秘書の一人がマットに電話がかかっていると合図した。マットは去り、そのあとを追うようにしてエドも会議に出かけ、レスリーは心配になった。マット・コールドウェルに接近することなくダンスの夜を乗りきるにはどうすればいいのだろう。彼はいまでも私の柵《さく》をはりめぐらせたような態度をおもしろくないと思っている。これは試練どころではない。土曜日の午後、都合よく頭痛が起こってくれないものかしら。


レスリーが持っている中で、カントリークラブの催しにふさわしいおしゃれな服は一枚しかなかった。それは銀色に光るロング丈のシースドレスで、スパゲティほどの細さの二本のストラップが肩についていた。レスリーはそのドレスに合わせてラインストーンをあしらった銀のクリップを金髪に留め、申し訳程度にヒールのあるシンプルな銀色の靴をはいた。

リムジンが、レスリーが部屋を借りている下宿の前で止まった。エドは絵のようなレスリーの姿を見て、ため息をついた。レスリーは汗ばんだ両手で小さなバッグを握りしめ、ポーチに立ってエドを待っていた。こういう夜の外出は十七歳の時以来だったので、恐ろしく不安だった。

「このドレスでよかったかしら？」レスリーは開口一番にそうきいた。

エドはにっこりし、彼女の卵形の顔をじっと見た。ほんのりと口紅と頬紅をつけている。化粧はそれだけだった。灰色の目は生まれつき濃い黒いまつげに縁どられており、マスカラは不要だった。「すてきだよ」エドは保証した。

「あなたもタキシードがよく似合っているわ」レスリーはにっこりとした。

「不安をマットに気どられないように」車の方に歩きながらエドは言った。「僕の家を出る時、彼に電話があって、マットはかんかんに腹を立てた。キャロリンは泣きそうだったよ」

「キャロリン？」

「彼の一番新しいガールフレンドさ。ヒューストンでも指折りの家柄の出で、ここしばらくおばさんの家に来ている。今夜の催しに誘われたい一心からだろう。彼女は何カ月もマットに猛攻勢をかけていて、いまや優位に立ちつつあるという噂《うわさ》もある」

「美人なんでしょうね」

「ああ、すごい美人だ。どこかしらフラニーを思い出させる」

フラニーはエドのフィアンセだった。彼女は銀行強盗事件に巻きこまれ、流れ弾が当たって死んだ。ちょうどレスリーが不名誉な出来事で打ちひしがれていた頃《ころ》で、似かよった境遇がエドとレスリーを引き寄せ、二人は友達として親しくなったのだった。

「それは、とても辛《つら》いでしょうね」レスリーは同情した。

二人はリムジンのそばに来ていた。

エドは足を止めながら、目に好奇心を浮かべた。

「君は恋をしたことがあるのかい？」

レスリーは肩をすくめ、フェイクファーのケープの前をきつくかき合わせた。「私は遅咲きだったわ」彼女はごくりと唾《つば》をのみこんだ。「そして、あんなことがあって、たちまち男嫌いに……」

「無理もない」

エドは運転手がドアを開けるのを待った。とても車体が長い黒のリムジンで、運転手もタキシードに身を固めていた。まずレスリーが乗り、エドがそのあとにつづき、ドアが閉まった。そこにはマットと、ブロンドの女性がいた。こんなすごい美人をレスリーは見たことがなかった。彼女はミニ丈のシンプルな黒のシースドレスに、宝石店が一軒開けるほどたくさんのダイヤモンドをつけていた。むろん本物に決まっている。あのドレスといい、はおっている本物の黒貂《くろてん》のコートといい、見ればわかる。

「僕のいとこは覚えているね。エドだ」

マットが言った。彼はエドと向かい合った革張りのシートにゆったりと身を沈めていた。内部は信じられないほど広い。黄色いライトがついているので、たがいの姿を見るのに不自由はなかった。

「それに彼の秘書のミス・マリ。こちらはキャロリン・エングルズ」

マットは隣の女性の方へうなずいた。

彼の紹介につづいて、小さな声であいさつが交わされた。レスリーはバーや電話や、それぞれの席についている冷暖房の調節器などに目をやった。これはまるで車輪の上にのっている豪華なアパートメントという感じだわ。そう思いながら、物珍しさを顔にあらわすまいとした。

「リムジンに乗るのははじめてなのかな?」マットがからかうようにきいた。

「はい、じつは」レスリーはわざとらしく丁重に言った。「それはもう格別の気分です。ありがとうございます」

マットはレスリーの返事に当惑したようだ。彼は視線をそらしてエドの顔をしばらく眺めていた。つぎに彼が口を開いた時には、レスリーのことはすでに彼の頭にないようだった。

「明日の朝一番で、マーカス・ボウルズの支援に出している金を引きあげてくれ。一セント残らずだ。あんな不法な不動産取引に僕を巻きこむとは、まったくなんてやつだ!」

「我々がはじめからあっさり騙《だま》されてしまったことにも驚くよ」エドは言った。「あのキャンペーンはすべて嘘《うそ》っぱちで、真の候補者が追い落としをかけるための策謀だったわけだ。そいつをヒーローに仕立てあげるためのね。ボウルズは男を下げる代わりにたんまり報酬をもらうんだろう。彼にとっては名誉や社会的地位より金のほうが価値があるんだな」

「ボウルズは南米に土地を買っている。そっちへ行って暮らすつもりらしいが、そうはさせない」マットは冷ややかに言った。「やつが明日空港までたどり着けたら運がいいほうだ。その前にこの手で首ねっこを押さえてやる」

暴力をも辞さないほどの憤りが、見えないマントのように彼を覆っていた。レスリーは背筋が寒くなった。この車中の四人の中で、レスリーは暴力のおぞましさを我が身で知っていた。記憶は日々の出来事にまぎれて薄れていくが、夢では始終うなされる。悪夢の中ではすべてが生々しく蘇《よみがえ》る。

「そんなに怒らないで、ダーリン」キャロリンがなだめた。「ミズ・マーリーが怖がっているわ」

「マリだ」レスリーが訂正するより早くエドが言った。「おかしいな。キャロリン、君の記憶力はいつも抜群なのに」

キャロリンは咳払《せきばら》いをした。「とにかくすてきな夜だわ」彼女は話をそらした。「雨は降らず、月がきれい」

「たしかにそうだね」エドが物憂げに言った。

マットが冷たい視線を向けると、エドはとってつけたように微笑した。いともたやすくはぐらかされたふりをしているエドを見て、レスリーはおかしくなった。彼がそんなに騙されやすい人でないことを、レスリーはよく知っていたからだ。

一方、マットはレスリーをつくづくと眺めた。体にぴったりフィットした銀色のドレスが、彼女の灰色の目にしっくり合っている。つややかで白い肌。その手触りは、見かけどおりやわらかだろうか。いわゆる美人ではないが、彼女の中の何かに強くひきつけられる。なぜかわからないが、守ってやりたいという衝動に駆られる。先ほどの電話とあいまって、マットは自分の感情にも苛立《いらだ》った。

「ミズ・マーベリー、ご出身はどこ?」キャロリンがきいた。

「ミス・マリです」レスリーはエドの機先を制して訂正した。「私はヒューストンの北部の小さな町から来ました」

「本物のテキサス人だ」エドはレスリーの顔を見てにっこりした。

「なんという町だ?」マットがたずねた。

「きっと聞いたこともないと思います。唯一知られているものといえば、テンガロンハットの形をしたラジオ局の建物ですが、道路からはるかに奥まったところにあるんです」

「ご両親は牧場を持っているのかい?」マットはさらにきいた。

レスリーは首を横に振った。「父はクロップ・ダスターでした」

「それ、なんのこと?」キャロリンがぽかんとした顔をした。

「小型飛行機で殺虫剤を空中散布する仕事です」レスリーは答えた。「父は亡くなりました……仕事中に」

「殺虫剤か」マットが暗い声でつぶやいた。「例の地下水脈の表だが――」

「マット、今夜くらい仕事のことは頭から追い出したらどうだ? 僕はこの夜を楽しみたい」

マットは片方の目を細くしてエドをにらんだが、つぎの瞬間にはリラックスしてシートにもたれ、キャロリンに腕を回した。キャロリンがしなだれかかる。彼の黒みがかった目が、レスリーに向けて皮肉っぽく光ったような気がした。その目はこう言っているかのようだった。〝君は拒絶するが、彼女は僕とくっつくのをこんなにうれしがっている〟

けっこうですこと。レスリーはおもしろそうに微笑を返した。以前の彼女なら、いまのキャロリンのように嬉々《きき》として彼に寄り添ったかもしれない。だが、いまのレスリーには、男に恐怖を覚えるれっきとした理由があった。

カントリークラブは優雅なアーチをあちこちに配した美しい建物で、いくつも噴水があり、クラブハウスは人造湖に面して広々と建てられていた。それはジェイコブズビルの誇りだった。しかし、エドがもらしたように、駐車スペースがまるで足りなかった。マットはリムジンを必要な時いつでも携帯電話で呼べるように手はずを整えていた。彼は同乗者を促して車をおり、建物に入った。一行はレセプション委員会の面々に丁重に迎えられた。

ライブバンドが入っていた。とてもよいバンドで、いろいろな曲を演奏していたが、リズムはボサノヴァ調だった。目を閉じて音楽を聞いている時だけ、レスリーは心の底からいきいきとした気持になれる。どんな音楽でもよかった。クラシックでも、オペラでも、カントリーウェスタンでもゴスペルでも。音楽は、子供の頃、現実が辛すぎる時にいつも逃げこむところだった。楽器は何もできなかったが、踊ることはできた。踊るのが大好き――それがレスリーと母マリーとのたった一つの共通点だった。実際、ダンスを教えてくれたのはマリーだった。マリーは一年ほどダンスを教えていた経験があったので、自分が持っている専門技術をすべて娘に伝授したのだった。だが皮肉にも、十七歳の時のあの出来事が、あんなにもダンスが好きだったレスリーから踊りたいという気持をもぎとってしまったのだった。

「料理をとるんだ」エドがビュッフェテーブルの上の小皿を指さして促した。「その小鳥の骨みたいな体に少しは肉をつけなくちゃね」

レスリーは笑った。「私はそんなにやせっぽちじゃないわ」

「いや、やせっぽちだ」エドは真顔で言った。「さあ、悩みは忘れて楽しもう。今夜限り、明日などないのだ。食べて、飲んで、陽気にやろう」

〝なぜなら明日、おまえは死ぬからだ〟

この訓戒的な詩の最後はそう締めくくられる。レスリーは思い出し、気が滅入《めい》った。だが、口には出さなかった。彼女はチーズストローとフィンガーサンドイッチを少し皿にとり、アルコールは遠慮してソーダウォーターにした。

エドはダンスフロアのそばに席を二つ見つけた。そこならバンドの音もよく聞こえるし、踊る人たちを眺めるにもいい。

バンドつきの歌手がいた。黒髪の女性で、すばらしく声がよかった。彼女はギターを弾きながら一九六〇年代の歌をつぎつぎに歌った。そのリズムにレスリーの胸は躍った。上手な歌にうっとりと耳を傾けるうちにレスリーはいきいきとし、顔に微笑が広がり、灰色の目がきらきらと輝いた。

部屋の向こう側にいたマットはレスリーの変化に気づいた。彼女は音楽が好きなのだ。ダンスも好きにちがいない。皿を持つ彼の手に力が入った。

「ディヴォア家の人たちと一緒のテーブルにしましょうよ」キャロリンはよい服装をしたカップルの方を指さした。

「いとこのそばについていたほうがいい」マットはさり気なく言った。「エドはこういうところに慣れていないんだ」

「彼はこの場にとてもしっくりとなじんで見えるわ」キャロリンはマットのあとにしぶしぶ従った。

「場違いなのは彼のお相手。まあ、彼女ったら爪先で拍子をとったりして！　なんて品がないこと！」

「君は二十三歳だったことはないのか？」マットは棘《とげ》のある声で言った。「あるいは、生まれた時から世間ずれしていて、物事に感動したためしがないのかな？」

キャロリンは驚いて息をのんだ。マットにこんなに冷たい言葉を言われたことは一度もなかった。

「すまない」マットは自分の失言に気づき、ぼそりと詫《わ》びた。「ボウルズのことでまだむかっ腹が立っていて」

「ええ……そうでしょうね」キャロリンはおどおどと言った。手から皿をとり落としそうになる。こんなマット・コールドウェルを見たのははじめてだった。いつもの微笑や気さくさは今夜は影も形もない。よほどボウルズに腹を立てているのだろう。

マットはレスリーの向かい側に座ったが、彼女の顔からたちまち輝きが失《う》せるのを見て目を曇らせた。レスリーは体をこわばらせた。皿の縁に置いた指からも血の気が引いた。

「キャロリン、席を替わってくれないか」マットは言い、作り笑いを浮かべた。「この椅子は僕には低すぎる」

「こっちのほうが高いとは思わないけれど、でもいいわよ」キャロリンは甘ったるい声で言った。

レスリーはほっとし、キャロリンにちらっと微笑を送ってから、またステージの歌手に目を戻した。

「とてもいいわね」キャロリンが言った。「彼女はユカタン半島生まれよ」

「才能があるうえに美人だ」エドが応じた。「あのビート、好きだな」

「ええ、私も」レスリーは息をつめて言った。フィンガーサンドイッチを口に運びながら、心のすべてはバンドと歌手の方に向いていた。

マットは我知らずレスリーに見とれていた。無邪気に音楽に酔っている様子が目に楽しかったし、そんな彼女をかわいいと思った。会社にいる時にはそんなふうに思ったことがなかった。さっきまでの彼女は自信がなさそうで、そわそわしていた。たぶん、自分を場違いに感じていたのだろう。しかしバンドの演奏がはじまり歌手が歌いだすと、レスリーは別人のようになった。これが本当の彼女なんじゃないだろうか。マットはふと思った。僕が近寄るとあんなに怯《おび》えるのは、何かよほどのことがあったにちがいない。彼は興味をそそられた。単に、彼女にプライドを傷つけられたせいだけではなかった。彼女は一つの謎《なぞ》だ。

エドはマットがしきりとレスリーを眺めていることに気づくと、いとこを隅にひっぱっていき、例の不運な出来事を耳に入れてやったほうがいいかもしれないと思った。マットは好奇心の塊になっている。何かがほしいとなると彼はまっしぐらだ。彼はレスリーから答えを得るためにブルドーザーのように突き進むにちがいない。そうなったらレスリーは経験から学んだ防御壁を固くめぐらし、その奥に身をひそめてしまう。ようやく日差しの中に出てきたところなのに、マットのせいで再び暗がりに後退だ。マットはキャロリンにべた惚《ぼ》れされているのに、それだけでは満足できないのか？　エドは考えた。たいていの女性はマットにつきまといたがる。だがレスリーはその反対だ。マットが彼女に関心を持つ最大の理由はそれだろう。しかし、マットが追えばレスリーは過去に引きこもるだけだ。自分の行為がレスリーのもろい精神状態にどんな打撃を与えることになるか、マットは知る由もない。

歌が終わり、会場に拍手がわいた。歌手はバンドのメンバーを紹介し、つぎの曲名を告げた。《ブラジル》だ。軽快なリズムのきれいな曲で、レスリーは大好きだった。踊りたい。脚が悪くても踊れないわけではなかった。体がむずむずしてくる。誰かフロアに誘ってくれないかしら。こうやって楽しくリズムに乗るのよって、つんと澄まし返っている人たちに見せてあげられるのに！

マットはレスリーの目の中に渇望を見てとった。エドにはこのステップは無理だ。が、僕は踊れる。彼は空になった皿を黙ってキャロリンに渡し、立ちあがった。

マットはレスリーにためらったり断ったりする隙《すき》を与えず、やさしく椅子から立たせてフロアに導いた。

マットは驚きに見開かれている灰色の目を見つめながら、レスリーの腰に片手を回し、右の手でとても丁重に彼女の左手をとった。

「急にターンはしない」マットは安心させるように言い、リズムに乗る合図に一度短くうなずいた。

それにつづくマットの動きはすばらしかった。

レスリーは驚いて息をのんだ。マットが相当に踊れる人だとわかった。彼を恐れる気持は消え失せた。男の腕に抱かれる不安も忘れた。彼女はリズムに体をゆだねた。ラテンの複雑なステップを完璧《かんぺき》に踏めるパートナーと踊れるのがうれしかった。

「上手だね」マットはクイック・ステップを正確にこなしながら微笑した。彼は心底楽しかった。

「あなたも」レスリーは微笑を返した。

「もし脚が辛くなったら言ってくれ。すぐにフロアを離れるから。いいね？」

「ええ」

「じゃ、行くぞ！」

マットはプロのダンサーさながらにレスリーをリードし、すべるようにフロアを横切った。レスリーのステップも完璧だった。ほかの人たちはダンスをやめ、すばらしいショーを眺めようと脇《わき》に退いた。

マットとレスリーは音楽を楽しんでいた。音楽と一つになって体を動かす楽しさに浸っていた。ほかの人たちは目に入らない。にこにこしているバンドのメンバーたちも目に入らなかった。エキサイティングなダンス以外の何もかもを忘れた。二人のステップはぴったりと合い、まるで見えない糸で結ばれているようだった。

やがて音楽が終わりに近づくと、マットは自分の引きしまった体にレスリーを引き寄せ、低く身をかがめる、優雅だが難易度の高いフィニッシュで決めた。

割れんばかりの拍手だった。マットはレスリーを起こすと、彼女が青ざめ、顔をひきつらせているのに気づいた。

「やりすぎだったかもしれないな」マットはささやいた。「おいで、行こう」

彼は自分からは近寄らなかった。代わりに手を差しのべて彼女に来させ、腕の一番太いところをつかませた。

レスリーは、とんでもないことをしている自分に腹を立てながら、彼に両手ですがりついた。でも、とっても楽しかった！　脚が痛くなっても悔いはしない。

マットはレスリーを椅子に座らせた。彼女は自分が大きな声で興奮してしゃべっていることにはっと気づいた。

「そのちっぽけなものの中にアスピリンは入っていないのか？」マットはレスリーが腕にさげている小さなバッグを指さした。

レスリーは顔をしかめた。

「持っていないんだな」マットはくるりと後ろを振り向き、人々のあいだに目を走らせた。「すぐに戻る」

マットがパンチボウルののったテーブルの方へ行ってしまうと、エドがレスリーの手をとった。

「すばらしかったよ。本当にすごかった！　君があんなふうに踊れるなんて知らなかった」

「私も知らなかったわ」

ほめそやされてレスリーははにかんだ。

「すてきなショーだったこと」キャロリンが冷たく言った。「でも、あんな無理なポーズをとるなんてばかみたい。マットは自分のふるまいを悔やんで、あわててアスピリン探しに奔走しているわ」

キャロリンは立ちあがり、ほとんど手をつけていない自分の皿と、空っぽのマットの皿をとりあげると、つんとして歩み去った。

「やれやれ、ご機嫌斜めだな」エドは言った。「彼女はあんなふうに踊れないから」

「踊ってはいけなかったのかもしれないわ。でも、とても楽しかった！　私は生きているって――本当に生きているって感じたわ！」

「見ていてわかったよ。君の目が以前のように輝いているのを見てうれしかった」

レスリーは顔を曇らせた。「でも、私、キャロリンの夜を台なしにしてしまったわ」

「いいさ。おあいこだ」エドは無慈悲に言った。「彼女もリムジンに乗ってきたとたんに、あなたはお菓子屋みたいなにおいがすると言って僕の夜を台なしにしてくれたからね」

「あなたはとてもいい匂いよ」

エドはにっこりした。「ありがとう」

マットがルー・コルトレーンの腕をつかんで戻ってくるのが見えた。まるで拉致《らち》するように引きずってくる。エドは思わず吹き出しそうになった。

ルーはあきれたようにマットをにらみつけてから、レスリーに目をやった。

「否応《いやおう》なしにひっぱってくるんですもの、あなたが死にかかっているのかと思ったわ！」

「アスピリンを持ってこなかったんです」レスリーはもじもじと言った。「すみません……」

「あなたが謝ることはないわ」ルーはやさしくレスリーの手を叩《たた》いた。「でも、ひどいあざを作っている身では、ああいう運動はしないほうがいいわね。一度砕けた骨は、たとえ適切に治療されたとしてももとの強度には戻らないの。とくにあなたの場合は——」

レスリーはしょんぼりと唇を噛んだ。

ルーはにっこりした。「運動するのはいいのよ。骨を支える筋肉が鍛えられますからね。でも、ダンスは少なくとも二週間は禁止します。さあ、アスピリンよ。私はいつも持っているの」

ルーはレスリーにアスピリンの入った平らな金属の容器を手渡した。マットはすかさずソーダウォーターのグラスを差し出し、レスリーが薬を二錠とってのみくだすあいだ、怖い顔をしてそばに立っていた。

「ありがとうございました」レスリーは言った。

「月曜日に診せにいらっしゃい」ルーはブラウンの目に医者の威厳をたたえて言った。「あなたの日常生活がいくらかでも楽になる薬を処方してあげましょう。眠気があまりささないものをね」彼女は微笑してつづけた。「抗炎症薬というの。それで動くのがずっと楽になるはずよ」

「あなたはとてもいいお医者様ですね」レスリーは心からそう言った。

ルーは目をきらりとさせた。「きっとあなたは、そうではない医者を知っているのね」

「少なくとも一人は」レスリーは硬い声で言い、それからルーにほほ笑みを向けた。「あなたのおかげで医者に対する思いこみが変わりました」

「うれしいわ。さっそくコパーに話してあげましょう」ルーは微笑し、部屋の向こうにいる赤毛の夫と目を合わせた。「彼、きっと感動するわ!」

「ドクター・コルトレーンはめったに感動しない男

なんだ」ルーが声の届かないところへ歩み去ってから、マットは言った。「が、ルーはその彼の心を動かした」

「そう、彼女がライオネル社製のミニチュア電車をクローゼットにぎっしり持っていることを知るとね」エドは笑った。

「コルトレーン家の坊やは、大きくなってからの楽しみをたくさん持っているということだな」

マットは物思わしげに言い、ふとレスリーを見やった。

「キャロリンはどこだ?」

「彼女はぷりぷりしてどこかへ行ってしまった」エドが言った。

「彼女を探してこよう。君はだいじょうぶかな?」

マットは気遣わしげにレスリーにたずねた。

レスリーは首をこくりとさせた。「アスピリン、ありがとうございました。助かりました」

マットはうなずき、レスリーの疲れた顔にもう一度目を走らせてから、今夜の自分の連れを探しに行った。

「私、彼の夜も台なしにしてしまったみたいね」

「それはどうかな。君と踊っていた時、マットはとても楽しそうだった。あんなマットを見たのははじめてだ。ここに来ている女性のほとんどがツーステップしか踊れない。君のダンスは嘘みたいにすばらしいよ」

「ダンスって大好き」レスリーはため息をついた。「子供の時から。ママはそれはそれは軽やかに踊ったものよ」楽しい思い出がレスリーの目をきらめかせた。「小さい頃、ママが踊るのを見るのが大好きだったわ。ママはよくパパと踊っていた。ママはとってもきれいで、いきいきと輝いていたわ」

レスリーの目がすっと陰った。

「ママは私がマイクをそそのかしたと思いこんでい

たわ。ほかの人たちもそうだった」レスリーは暗い声でつぶやいた。「ママは……マイクを撃って……その弾がマイクの胸を貫通して私の脚に……」

「それで君の脚はそんなふうになったんだね」レスリーは何も考えずにしゃべっていた。レスリーはうなずいた。

「救急治療室の医者はすべてが私の過ちで起こったと思いこんでいたわ。それでちゃんと治療してくれなかったの。彼は弾を摘出しただけでたいした手当てをしてくれなかったわ。あとでほかの医者がギプスをつけてくれたけれど、結局、足を引きずるようになったの。でも、改めて医者にかかるお金なんてなかった。ママは刑務所に入れられ、私は一人ぼっち。ホームレスにならずにすんだのは、親友のジェシカの家の人が面倒をみてくれたからなの。あんな噂があったのに私をひきとって、とにかく学校は出なさいって言ってくれたわ」

「君はよく耐えたと思う」エドは言った。「新聞が裁判のことをあんなに書き立てていたのに。あのさなか毎日学校へ通うなんて、なかなかできることじゃない」

「辛かったわ」レスリーは認めた。「でも、おかげで私は強くなった。鉄は火で鍛えられるって言うでしょう。私は鍛えられたの」

「そうだね」

レスリーは微笑した。「今夜は連れてきてくれてありがとう。とてもすてきな夜だったわ」

「マットにそう言うといい。彼の態度が変わるんじゃないかな」

「でも、彼はそんなにひどい人ではないわ」レスリーは言った。「天使のように踊れるんですもの」

エドはパンチボウルのテーブルの方に目をやった。マットがこちらを見ていた。浅黒い顔が石のようにこわばっている。彼がキャロリンのそばを離れてこちらにやってくる。エドの胸を嫌な予感がかすめた。やけにのんびりした歩き方が気に食わない。マットは烈火のごとく怒っている時に限って、ああいうゆっくりした動きをするのだ。

4

マットの目の色から、レスリーは彼が恐ろしく立腹しているのがわかった。きっと私のことを怒っているのだ。けれど、そんな怒りを買うようなことをした覚えがなかった。こちらに向かってきながら、彼は携帯電話をとり出し、番号を押した。何か言うと、通話を切ってポケットに戻した。

「すまないが、帰らなくてはならない」彼は氷のように冷たい口調で言った。「キャロリンの頭痛がひどくなったようなんだ」

「ちっともかまいません」レスリーはほっとしたあまり微笑を浮かべたが、マットのハンサムな顔はやわらぎもしなかった。「どのみち、私はもう踊れませんし、ダンスを心から楽しみました」レスリーははにかみながらマットと目を合わせた。

彼は冷ややかに目を細くしただけで、何も返事をしなかった。

「エド、玄関に出て車を待っていてくれないか？いま運転手に電話しておいた」

「いいとも」エドは一瞬ためらってからその場を離れた。

マットがじろじろと見おろしていたので、彼女はもじもじした。

「君は見かけとは違う人間なんだろう。冴《さ》えないふりを装っているが、脚を痛める前の君はすごいダンサーだったんじゃないのかな」

レスリーは戸惑った。そして正直に言った。「ダンスは母から習いました。昔、よく母と踊っていました」

マットはそっけなく笑った。「見え透いている」彼は言った。マットはレスリーの極端な拒絶反応のことを考えていたのだ。彼が近寄ると常に身をすくませる。だが、今夜は、条件つき降伏を入念に企てていたわけだ。逃げるふりをして追わせる――陳腐な策略だ。彼は、もっと前にそれに気づかなかった自分に驚いた。彼女はどこまで僕を追わせるつもりなんだろう。確かめてみようじゃないか。

「なんのことでしょう？」レスリーは目をしばたたき、眉をひそめた。なんのことか本当にわからないのだ。

「気にしないでくれ」マットは作り笑いを浮かべた。「行こう。もう車が着いているはずだ」

彼は手をのばし、レスリーの腕をとっていきなり立たせた。彼の目に、彼女の腕をとらえた手に、有無を言わせない調子があった。レスリーは青ざめた。怯《おび》えずにいるのは難しい。かつて力ずくでことを運ぼうとした別の男のことを思い出した。あの時にはどうやって逃げればいいか知らなかった。けれど、いまは知っている。レスリーは護身術で習ったとおりにすばやく腕をひねり、つかんでいる指の中でもっとも外しやすい親指を押しさげ、あっという間にマットの手を振りきった。

マットはびっくりした。「どこでそんな技を覚えたんだ？　お母さんが教えてくれたのか？」

「いいえ。ヒューストンの護身術道場で習いました。私は脚が悪くても、自分の身は守れます」

「なるほど」半ば伏せたまぶたの下で、マットの黒みがかった目がかすかに光った。「ミス・マリ、君は見かけとはずいぶん違うようだ。僕は君に関する真実を必ず突きとめるつもりだ」

レスリーは色を失った。過去を探られたくない。レスリーは過去から逃げていた。過去を避けてきた——何年ものあいだ。ようやく安全な場所を見つけたと思ったのに、また逃げなくてはならないのだろうか。

マットはレスリーの怯えた顔を見ると、つい情にほだされそうになった。女性には何度もさんざんな目にあわされているのに、まだ嘘《うそ》を見抜く目が養われていないのか？　母のことを思い出すと心臓が冷たくなった。レスリーには一箇所、母を思わせるところさえあった。あのブロンドの髪だ。

彼はレスリーの腕をつかみ、ひっぱるようにして歩きだした。

「お願い、ゆっくり歩いて」彼女がこわばった声で言った。「痛いわ」

マットははっと足を止めた。早足でせき立て、レスリーに苦痛を強いていたことに気づいた。彼女の脚が不自由だったことを忘れていた。その一点は演技じゃない。彼は腹立たしくため息をついた。

「脚が悪いのは本当だったな」彼は独り言のように言った。「だが、ほかはどうなんだ？」

レスリーはマットの目を見て静かに言った。「ミスター・コールドウェル、私がどんな人間であるにせよ、あなたに何かご迷惑が及ぶようなことは絶対にありません。私は人に触られるのが嫌いです。それは本当です。でも、さっきのダンスは楽しかったわ。ダンスなんて……何年ぶりかしら」

マットはレスリーの青白い顔をじっと眺めた。バンドが奏でる音楽も、周囲のざわめきも耳に入らない。

「時々」マットはつぶやいた。「君をとてもよく知っているような気がする。前に会ったことがあるような気がする」彼は母のことを思い浮かべていた。遠い昔、母に裏切られたことを。傷つけられたことを。

が、マット・コールドウェルが何を考えているのか、レスリーにはわかるはずがなかった。レスリーは恐怖を表に出すまいと歯を食いしばっていた。たぶん、彼は前に私を見ているだろう。国中の人が見ているはずだ。私の顔はタブロイド紙にのったのだから。脚からどくどく血を流し、声をあげて泣きながら、血で汚れたアパートから担架で運び出されたあの夜の私を。でも、あの時、私の髪は黒で、眼鏡をかけていた。その女性が私だと、本当に見破れるものだろうか？

「他人の空似じゃありません？」レスリーは顔をしかめ、体重のかかる足を移し替えて小さくうめいた。「行きましょう。脚がもうひどく痛くて」

マットはしばらく突っ立っていたが、不意に身をかがめると、たくましい腕にレスリーをすくいあげ、人々が目を丸くして見守る中をドアの方へ向かった。

「ミスター……コールドウェル」

こんなふうに男性に抱かれたのも、こんなふうに運ばれるのも、レスリーは生まれてはじめてだった。呆然《ぼうぜん》として、いつもの恐怖も忘れ、彼の力強い横顔に見とれた。さっき組んで踊ったので、体が触れ合うのはだいじょうぶだった。彼のたくましさが伝わってくる。彼はとてもいいにおいがした。エキゾチックなコロンのにおい。レスリーはまったく奇妙な衝動にとらわれた。彼の広い額の上で豊かに波打っている黒っぽい髪に触れてみたくなった。

ちらっと下を見たマットの視線が、彼をうっとりと見つめているレスリーの目とぶつかった。彼は黒っぽい眉の片方をぴくりとあげ、どうしたんだと、無言で問いかけた。

「あなたは……とてもパワフルなんですね」レスリーはおずおずと言った。

彼女のその言い方が、マットの心の奥深いところの何かに触れた。彼女の目からやわらかな弓なりの唇に視線を移した時、マットは不意に強い心の高ぶりを覚えた。目を奪われて、足すら止まりそうになった。

レスリーはマットのタキシードの襟の折り返しを握りながら、彼の唇を見つめていた。キスをされたいと思った。そんなふうに思ったことはいままで一度もなかった。あの忌まわしいなりゆきの中でのキスには嫌悪をもよおしただけだった。べっとりとしたみだらなキス。むかむかして吐きたくなった。

マットのキスはきっと違う。彼が愛の技巧にたけていることを、女性を乱暴に扱わないことを、レスリーは本能的に察していた。大きくて、輪郭のくっきりとした形のよい彼の唇は官能的だ。もしキスをしたらどんな感じかしら。そんなことを思いながらレスリーの唇はうずいた。

その好奇心を正確に読みとったマットは鋭く息を吸いこんだ。レスリーは目をあげた。

「気をつけるんだ」彼の声はふだんよりくぐもっていた。「好奇心は身を滅ぼす」

レスリーは目で問い返した。

「君は僕に触られたくなくて、避けようとして馬から落ちた。ところがいま君は僕にキスされたくてうずうずしているらしい。どういうことだ?」

「わかりません。あなたとこうしているのが心地いいんです」レスリーは正直に言い、自分でもびっくりした。「とても変だわ。男性と体を寄せ合うなんて、いままで考えただけでも嫌だったのに」

マットの足がぴたりと止まった。レスリーを抱いている力強い腕にかすかな震えが走る。彼の視線とレスリーの視線が絡み合った。彼の息遣いが荒くなった。彼はレスリーの背中を起こし、彼女の胸を自分の胸に押しつけた。彼は建物の表の階段に立っていたのだが、自分の内部をいま焦がしている欲求以外のすべてを忘れた。

レスリーははじめて知った欲望に震えた。彼女は笑った。新鮮ですてきな感覚だ。急に胸のふくらみが重く感じられ、そしてうずいた。

「こういうものだったのね」彼女がつぶやいた。

「何が?」マットはかすれた声できき返した。

レスリーは彼に視線を合わせた。「欲望って」

マットの体がぶるりと震えた。思わず両腕に力がこもる。レスリーの唇に視線を落とすと、自分の唇が自然と開き、マットは観念した。もうキスをせずにはいられない。彼女は薔薇《ばら》のにおいがした。牧場にあるマットの住まいの玄関のそばに群れて咲く、小さくて可憐《かれん》なピンク色の薔薇の香りを思い出させた。彼女はマットを求めていた。マットは頭がくらくらした。彼は頭をかがめ、ため息のような声をもらしながら、彼女の下唇をそっと噛《か》んだ。

「口を開いて、レスリー」マットはささやくなり彼女の唇を自分の口で強く覆った。

だが、彼女のやわらかな唇を味わう暇もないうちに、ハイヒールの足音が近づいてきた。マットはすぐに頭を起こした。レスリーは彼の腕の中で身を震わせていた。驚きと少しの怯えはあったが、彼の唇のすてきな感触にうっとりとしていた。

マットの燃える目がレスリーの目をとらえた。彼はかすれた声で言った。「ゲームはおしまいだ。僕は君をうちに連れていく」

レスリーは口を開きかけた。異議を唱えようとした。が、その時、キャロリンがドアを押し開けて、腹立たしげに近づいてきた。

「抱いて運ぶ必要があるの？」そうたずねるキャロリンの声はとげとげしかった。「おかしいわね。ついさっきまで、元気溌剌《はつらつ》と踊っていたのに！」

「彼女は脚を痛めているんだ」マットは冷静さをとり戻して言った。「車が来た」

リムジンが横づけされた。車からおり立ったエドは、レスリーがマットに抱かれているのを見て眉をひそめた。

「だいじょうぶか？」彼は歩み寄りながら言った。

「彼女は踊ってはいけなかったんだ。脚の具合をいっそう悪くしてしまった」

マットは足を進めて階段をおりきると、レスリーを車の革張りのシートにおろした。

キャロリンはかんかんになっていた。車に乗りこむと、レスリーをにらみつけながら、わざとらしく反対側の席に座った。「ダンス一回で帰らなくてはならないなんて」彼女は怒りもあらわに言った。

マットはエドの隣に座ると、乱暴にドアを閉めた。「我々が帰ることにしたのは、君が頭痛がすると言ったからだ」いつもの理性はどこへやらという感じで、ぴしゃりと言った。彼は機嫌が悪かった。欲望に身を焼かれているせいだった。たいした手管だ。彼はレスリーに目をやって思った。身をよじりたいほど体がうずいていた。彼女はさだめし腹の中で大笑いしていることだろう。いいとも、この代償は払ってもらおう。

彼がレスリーに注ぐ目つきを見てキャロリンは怒りにうめき、窓の外をにらんだ。

車はまずエドを家に送り届けた。エドは驚いて当惑した。文句をつけたが、マットは聞く耳を持たなかった。彼は月曜日に会社で会おうとエドに言い、すげなくドアを閉めた。

つぎにおろされたのはキャロリンだった。マットは彼女を玄関先まで送っていったが、おやすみのキスもしないで戻ってきた。閉ざされたリムジンの中にいても、キャロリンが玄関のドアを叩《たた》きつけるように閉める音がレスリーの耳に届いた。

マットがリムジンに乗りこんだ。車内灯がついていたので、彼の表情が見えた。ものほしげな視線がレスリーの体を這《は》う。レスリーは唇を噛んだ。

数分後、レスリーは不安になった。さっき彼が言ったことはまさか本気じゃ……。

「これは下宿に行く道じゃないわ」

「違うって？　ああ、違うな」マットは落ち着き払って答えた。

マットがそう言っているあいだに、リムジンは彼のランチハウスの前で止まった。マットはレスリーの手をとって車からおろし、運転手と短く言葉を交わして車を去らせた。それからくるりと振り向き、怯えているレスリーを抱きあげて玄関に向かった。

「ミスター・コールドウェル……」

「マットだ」彼は言い直した。レスリーを見ずに言う。

「私、家に帰りたいわ」

「帰れるとも。しばらくしたら」

「でも、あなたは車を帰してしまったわ」

「車ならうちに六台ある」マットは腕の中のレスリーをちょっと動かし、ズボンのポケットから鍵《かぎ》をとり出して鍵穴に差しこんだ。ドアが開いた。「その時になったら僕が送っていく」

「私、とても疲れているんです」レスリーの声はかすかに震えていた。

細くうわずっていた。

「だったら、ぴったりの場所がある」マットは玄関のドアを閉め、ほの暗い照明の長い廊下を、奥の方へと進んだ。一つの部屋の前で身をかがめてドアを開け中に入ると、蹴《け》ってドアを閉めた。

数秒後、レスリーはとても広いキングサイズのベッドの真ん中にいた。ベッドはベージュと茶と黒の模様のカバーで覆われていた。マットはレスリーが着ているケープをはいだ。

ケープは椅子の上に飛んでいった。つづいてマットのタキシードの上着とネクタイも。彼はシャツのボタンを外し、レスリーのそばに横になると、両手を彼女の顔の横について覆いかぶさった。

マットのそのポーズは悪夢のような記憶を呼び覚ました。レスリーの全身がこわばった。蒼白《そうはく》になる。灰色の目はあまりにも大きく見開かれ、瞳孔《どうこう》が黒く開いていた。

マットは彼女の表情を無視した。銀色のドレスに包まれた体を見おろし、胸の小さなふくらみに目を留めた。大きな手で、布地の下で固く尖《とが》っている頂の周囲を撫《な》でる。

レスリーはとても驚いた。なぜなら、触られるのを嫌だとも不快だとも感じなかったから。彼女は少し身を震わせながら、大きく見開いた目に不安と好奇心を交差させてマットを見た。

マットの力強い指が頂とその周囲のふくらみをゆっくりと撫で回す。レスリーはまるでその感触にうっとりとしているようだった。

「いいだろう?」マットはきいた。やや横柄な口調だった。ドレスの片方のストラップを肩から外す。レスリーの体を少し動かしてドレスを引きさげ、完《かん》璧《ぺき》な形の小さな胸をあらわにした。

レスリーはいま起こっていることが信じられなか

った。男性は嫌悪をもよおさせるものでしかなかった。肉体関係を結ぶことなど、考えるのも忌まわしかった。けれど、いま、マット・コールドウェルはレスリーのあらわな胸を眺めており、彼女は逆らおうとも思わず、彼にそれを許している。一滴のアルコールも飲んでいないのに。

マットは温かな手で胸のふくらみを撫でながらレスリーの顔を見ていた。彼女はうっとりとしている。彼女のやわらかな目の中に、マットはそれを読みとった。

「日なたの大理石に触っているようだ」マットは静かに言った。「君の肌は美しい。君の胸は完璧だ」

レスリーが再び身を震わせた。彼女は握りしめた拳《こぶし》を頭の両側に投げ出し、傍観者のように、夢の中にいるように、自分に触れているマットを見つめていた。

マットは彼女の表情を見て、かすかに皮肉っぽく微笑した。「こういうことははじめてなのか?」

「ええ、はじめて」彼女はとてもまじめに言った。

マットは即座に嘘だと思った。未経験にしては身のゆだね方が落ち着きすぎている。

彼は黒っぽい眉の片方を持ちあげた。「二十三歳でまだバージンなのか?」

「え……ええ」彼は知る由もない。肉体的にも心理的にも、レスリーは正真正銘のバージンだった。あんなことがあったとしても。母が突然帰ってこなかったら、帰ってくるのがあと一分でも遅かったら、レイプされていたにちがいないとしても。

彼女の肌の感触がマットを魅了した。人さし指で固く尖った頂のまわりを撫でながら、手の動きに呼応するような彼女の体の動きに見とれた。

「いい気持なのか?」彼はそっときいた。

レスリーはじっとマットを見ていた。

「ええ」彼女は心地よいことに驚いているように答

えた。

マットは慣れた手つきで少しレスリーを持ちあげ、もう一方のストラップも肩から外し、彼女の裸を眺めた。非の打ちどころがない。なめらかな美しい大理石で作られた、温かい彫刻のようだった。彼はこれほど完璧な胸のふくらみをいままで見たことがなかった。体の底から欲望に揺さぶられた。

彼はレスリーの胸の上に手を置き、両方の親指で頂をそっと愛撫《あいぶ》しながら、彼女の顔によぎる表情を見守った。室内の静けさを破るのは、ずっと遠くを走る車の音と窓の外で低く鳴く夜の鳥の声だけだった。もっと近いところでは彼女の浅い息遣いがしていた。レスリーの耳の中では自分の心臓が激しく鳴っていた。レスリーは必死で抵抗すべきだった。叫び、走って逃げるべきだった。六年間、レスリーはこのような状況に陥る危険を一途《いちず》に避けてきた。なのになぜ、マットの手を振り払いたくないのだろう？

マットは、うやうやしいまでの態度でレスリーに触れた。彼の目は彼女の固く尖った頂を見ていた。彼はかすかにうめき、頭をかがめて彼女の胸のやわらかなふくらみに口づけした。

レスリーはあえぎ、体をこわばらせた。マットはすぐに頭を起こして彼女を見た。レスリーに抗《あらが》う気がないのがわかる。彼女の目にはショックが浮かんでいた。刺激にうっとりとしながら、不思議そうな様子だった。

「これも最初なのか？」

そのきき方にはいくらか嫌味があり、騙《だま》されないぞという微笑が浮かんでいたが、それらは混乱しているレスリーの頭を素通りした。

レスリーはうなずき、喉をごくりとさせた。頭とは関係なく、体が勝手にベッドの上でくねる。こんなふうに男性に触られて平気でいられるとは夢にも思わなかった。あんな恐ろしい出来事のあとでは、触られて喜ぶなんてことがあろうとは想像もできなかった。

彼の唇が胸の頂を覆って強く吸った。レスリーは快感にしびれ、叫び声をあげた。

小さな悲鳴が不意打ちのようにマットを高ぶらせた。彼は思わず我を忘れ、荒々しくやわらかな肌を唇でいたぶった。しばらく夢中で彼女をむさぼり味わったのち、はっと思い出した。まっしぐらに彼女を求めてはならないのだ。マットはその理由を、聞きたがらない心に無理やり言い聞かせた。彼女を耐えられないところまで追いつめてやりたかった。いつまでもばかにされているつもりはない。

マットは頭をあげ、紅潮したレスリーの顔を冷静に観察した。彼女は楽しんでいる。だが、美しい体で僕をすっかり魅了したと思っているなら間違いだ。僕は彼女を手に入れられる。彼女は喜んで身を任せるだろう――欲望の代償として。

彼女は目を開けていた。横たわってマットを見つめていた。大きく見開いた穏やかな目で、問いかけるように。僕を手の内におさめた気でいるんだろうと、マットは思った。彼女は少しも逆らわない。まったく僕のなすがままだ。それは大きな誤算というものだ。僕の心をそそったのは彼女の拒絶反応だ。簡単に征服できる女なら掃いて捨てるほどいる。

マットはいきなり体を起こした。彼女も一緒に抱き起こし、イブニングドレスのストラップをもとに戻した。

レスリーは黙ってマットを見つめていた。マットが熱くなったことにいまも驚いていた。それに対する自分の予想もしなかった反応に戸惑っていた。

彼は立ちあがってシャツのボタンをはめ、スナップ式の蝶《ちょう》ネクタイと上着をとりあげた。ベッドの端にぼんやりと座っているレスリーをじっと眺め、黒みがかった目を細くした。彼は微笑したが、楽しげな微笑ではなかった。

「君は悪くない」彼は物憂げに言った。「だが、バージン風を売り物にするのは興ざめだな。僕は経験があるほうが好きだ」

レスリーは目をしばたたいた。まだ頭がきちんと働いてくれない。

「君がかつて釣りあげたほかの男たちはそういうのにそそられたのかもしれない」戸惑ったような目や、これがはじめてっていう顔に」

私が釣りあげた男たち？　彼は私の過去を知ってしまったのかしら。レスリーの目が曇った。

マットはそれを見た。レスリーがいままで装っていた彼女とは違うことを、マットは心の隅で少し残念に思った。彼は恋愛遊戯にあきあきしていた。ベッドにたどり着くまでの、じらしや、からかい、駆け引きに嫌気がさしていた。大富豪でハンサムでセクシーな彼を捕まえようと寄ってくる女はうようよいる。彼は常に、最初から自分の立場をはっきりさせておいた。つまり、結婚するつもりはないということを。それなら交際はお断りという女性はまずいなかった。ダイヤモンドの一粒、エキゾチックな土地での休日、そういう関係でも彼女たちは満足そうだった。おびただしい女性関係があったわけではない。だが、彼はゲームにうんざりしていた。じつを言うと、いまこの瞬間、彼はいつにも増してうんざりしていた。嫌悪感がそっくり顔に出ていた。

レスリーはマットの目の中に軽蔑《けいべつ》を見た。小さく身を縮めてベッドの下に隠れてしまいたかった。冷たく刺すような彼の視線はレスリーを卑しめた。あの時、医者がしたように、マスコミがしたように、そして母が……。

マットは彼女の顔に浮かんだ表情を見て胸がずきんとした。なぜかわからなかったが、良心のとがめを感じた。

「送っていく」マットは顔をそむけて言い、彼女のケープとバッグをとりあげ、投げて渡した。

マットのあとについて廊下を歩きながら、レスリーはうつむいていた。廊下は思ったよりも長く、玄関に着く前に脚がずきずき痛みはじめた。彼がいきなり手をひっぱって立たせたせいもあるかもしれないが、そもそも踊ったのが悪かった。苦痛を顔に出すまいと、レスリーは歯を食いしばって歩いた。同情を買おうと演技しているなどと思われたくない。そうでなくても、もう充分に傷ついていた。マットがドアを開ける。レスリーは彼の横を抜けて外に出た。彼の目を見ないようにした。いったいどうしてこんなにひどいことになってしまったのだろう。

広いガレージに何台も車が並んでいた。マットはシルバーのメルセデスを出し、ドアを開けて革張りの助手席にレスリーを乗せ、いささか乱暴にドアを閉めた。レスリーは震える手でシートベルトを装着しながら、彼がさっき言ったことをまた持ち出したりしませんようにと胸の中で祈った。

マットはジェイコブズビルに向かう裏道に車を走らせている。レスリーは窓の外の、建物や木々の黒い影を見つめていた。自分がしたことを思うと胸が悪くなった。彼は私くらいお手軽な女はいないと思っているはずだ。では、彼はなぜその機に乗じなかったのか？　その理由に思い当たると、いっそういたたまれない気持になった。男は簡単に手に入る女をほしがらない。よく聞く話だわ。たぶん本当なのだろう。私が避けようとしていた時には、彼は寄ってきた。なんという皮肉だろう！　長いあいだ男性に怯え、プラトニックラブからさえ必死に逃げていた私がはじめて熱い欲望をかき立てられたというのに、その人は私をほしがらなかった。

マットは彼女が体を硬くしているのがわかった。理由はわかっている。僕がゲームを途中でやめたからがっかりしているのだ。

「エドが送っていった時には、いつもああいうなりゆきなのか？」

レスリーは小さなイブニングバッグに爪を食いこませ、奥歯を噛みしめた。そんな質問に誰が答えるものですか。

マットは肩をすくめ、メルセデスを幹線道路にのせた。「そんなに落ちこむことはない」投げやりに言った。「僕は世間ずれしすぎているんだろう。だからその手に乗らなかったが、ジェイコブズビルには金持で独身の牧場主がほかにもいる。まず思い浮かぶのが、サイ・パークスだ。非常に気難しい男だが、妻を亡くしていまは一人だ」マットはレスリーに目をやった。彼女はそっぽを向いている。「いや、いまのは撤回だ。彼はすでに充分悲劇に見舞われている。彼にはかまわないでほしい」

レスリーはあまりに傷つき、言い返したくても言葉が出なかった。なぜ？　何かを求めて手をのばそうとすると、なぜ人生はいつも私に襲いかかるの？　八つ裂きにしようとするの？　まるでおもちゃの銃を持ってライオンに立ち向かっているみたいだ。ようやくやすらぎと人生の道筋を見つけたと思ったのに、またもや地獄だ。ずたずたになった自尊心の痛みだけでは足りないとでもいうように、脚も恐ろしく痛む。レスリーはシートの中で体を動かした。姿勢を変えればいくらか楽になるかもしれないと思ったのだ。だが効き目はなかった。

「脚の骨だが、どうして砕けたんだ？」マットはさり気なくきいた。

「ご存じないんですか？」レスリーは冷ややかに笑った。彼があの記事を見ているとすれば――きっと見ているはず――これも意地の悪いゲームだわ。彼は私がゲームをしているとなじったけれど。

マットは横目で彼女をにらんだ。「どうして僕が知っているんだ？」

レスリーは眉を曇らせた。ひょっとして彼は何も読んでいないのかも！　だとしたら、あの手この手で聞き出そうとするだろう。

レスリーは喉をひきつらせ、バッグを固く握りしめた。

マットは下宿の私道にメルセデスを乗り入れ、玄関の階段の前で止めた。が、エンジンはかけたまま、レスリーの方へ首をめぐらせた。「どうして僕が知っているんだ？」彼は再び、決然とした口調でたずねた。

「あなたは私についてあらゆることをご存じのようですから」レスリーはそう言い逃れをした。

マットは顎をそらし、険しい目でじっとレスリーを見た。「骨が砕けるにはいくつかの理由が考えられる」彼は低い声で言った。「その一つは銃弾だ」

レスリーは息ができなくなった。体が石のように凍りついた。

「どんな根拠があってそんなことを？」

「僕は砂漠の嵐《あらし》作戦に動員された。歩兵部隊だった。銃弾についてよく知っている。弾を浴びた骨がどうなるかも知っている」彼はつづけた。「ついでにもう一つ疑問がわいた。誰に撃たれたんだ？」

「私は……撃たれたなんて言っていません」レスリーはなんとか質問をかわした。

マットの力強い視線は、目に見えないロープのようにレスリーの目を彼に縛りつけていた。

「だが、君は撃たれたんだろう？」マットは刺すような口調で言った。唇の端に冷ややかな微笑がはりつく。「誰が撃ったか。君のかつての男の中の一人にちがいないな。別の男と一緒にいるところを見つかったか、あるいは、今夜僕をたぶらかしたような手で誘っておいて拒絶した」彼の目には再び軽蔑の色が浮かんだ。「いや、君が拒絶するはずはないな」レスリーのプライドは土にまみれた。彼は恐ろしく汚らわしい色眼鏡で見ている。レスリーは唇を噛みしめた。あれはそれだけでも忌まわしい記憶だった。そのうえに、まるでふしだらな女のように彼に言われるのは、言葉にもできない屈辱だった。レスリーにとって、彼が、今夜が、真の意味ではじめての、甘やかなロマンスだった。その今夜を、彼は安っぽく、汚らわしいもののようにあしらっている。

レスリーはシートベルトを外し、精いっぱいの威厳を保って車からおりた。脚が耐えがたいほど痛んでいる。ベッド、温湿布、もう数錠のアスピリン——。いま彼女がほしいのはそれだけだった。そして、この拷問者から逃れること。

マットはエンジンを切り、車の前を回った。彼女がひどく足を引きずっているのが気に入らなかった。

「僕が部屋まで……」

彼が近づくとレスリーは凍りつき、あとずさった。今夜、彼に許したことを思い出すと、おぞましさに体が震えた。恥ずかしさと悔しさで涙がにじんだ。

「まだゲームをつづけるのか?」マットは冷たく言った。彼女があとずさったことに腹が立つ。寝室であんなことをしたのにいまさらどういうことだ。

「ゲームなんて……していないわ」すすり泣きが喉を突きあげるのが憎らしかった。ひどく動揺していることがわかってしまう。レスリーはケープとバッグをしっかりと胸に抱きしめ、非難に満ちた目でマットをにらんだ。「あなたなんか地獄に落ちるといいわ!」

マットは顔をしかめた。彼女の声もろくに耳に入らない。彼女は蒼白で、真の怒りに震えているかのように全身が小さく震えていた。

レスリーは彼に背中を向け、玄関ポーチの方に歩きだした。一歩ごとに痛みが脚を襲う。が、内心で悲鳴をあげても、苦痛を顔には出さなかった。頭を高くそびやかす。私にもまだプライドは残っている。苦痛に刺し貫かれながら、レスリーは思った。

マットは下宿の中に入っていくレスリーを入り乱れた思いで見送った。こんなにわけのわからない気持ははじめてだ。

誰に撃たれたのかとたずねた時のことがまざまざと蘇《よみがえ》った。〝ご存じないんですか?〟——おかしな返事だ。

メルセデスの中に戻ったマットは、すぐにエンジンはかけず、座席に座ってしばらくのあいだフロントガラスの向こうを見つめていた。ミス・マリは謎《なぞ》だ。彼はその謎を解くつもりだった。興信所の費用がいくらかかってもかまわない。必ず謎を解いてやる。

5

レスリーは泣いた。たぶん何時間も。アスピリンは脚の痛みにまるで役立たなかった。まして、ずたずたに傷ついた自尊心に効く薬などこの世にあろうはずがなかった。マットは私を熱くさせてもてあそび、私がうぶだと言って嘲《あざけ》り、娼婦《しょうふ》も同然の烙印《らくいん》を押した。彼はあの時の、私の体を汚れたものと決めつけて辱めた救急治療室の医者と同じだ。惨めだった。生まれてはじめて男性に情熱を感じたのに、その人に軽蔑《けいべつ》されてしまうなんて。

いいわ。二度と再び同じ間違いはおかさない。怒りの涙を拭《ぬぐ》いながら、レスリーは固く自分に言い聞かせた。マット・コールドウェルなんて、本当にまっさかさまに地獄に落ちればいいんだわ！

電話が鳴った。レスリーは出るのをためらった。だがエドかもしれないと思い、受話器をとった。

「私たち、あなたのことで大笑いしたわ」前置きなしでキャロリンが言った。「あなた、こんど彼に身を任せる時にはその前にちょっと考えたほうがいいわね！　彼が言ってたわ。あなたがあんまりたやすく落ちるから嫌気が……」

屈辱に震えながらレスリーは受話器を叩《たた》きつけて電話を切り、プラグを引き抜いた。ほぼ同じことをマットから言われた。だからキャロリンがそう言っても不思議とは思わなかった。キャロリンのおせっかいで意地悪な電話で、レスリーの惨めな夜は徹底的に踏みにじられた。

痛みと屈辱に夜通し苛《さいな》まれたあげく、夜が白みはじめてからレスリーはやっと眠りに落ちた。朝食をとりそこない、教会に行く時間も寝過ごした。ようやく目を覚ましたのは痛みのせいだった。撃たれたあの晩のような痛みだった。

レスリーは顔をしかめながら寝返りを打った。とたんにうめき声をあげた。動いたために新たな激痛が脚を襲ったのだ。ドアをノックする音が聞こえたような気がした。

「どうぞ」レスリーはあえぎながらかすれた声で言った。

ドアが開いた。マット・コールドウェルがそこにいた。髭《ひげ》がのび、目の下に黒い隈《くま》ができている。キャロリンの声が悪夢のように蘇《よみがえ》った。レスリーは一番手近にあった物をつかんだ。いつも枕《まくら》元に置いているミネラルウォーターのボトルを、怒りまかせにマットに投げつけた。プラスチックのボトルはもう少しのところで彼の頭をそれた。エドの頭も。

「こいつは遠慮したいな」エドはマットの前に出ながら言った。「いま水は飲みたくないんだ」

レスリーの顔は痛みに歪《ゆが》み、蒼白《そうはく》だった。彼女はマットのこわばった顔を、まるでピストルの撃鉄を起こして狙《ねら》いをつけるような目でにらみつけた。

「電話に出ないから心配になったんだ」エドはやさしく言い、ベッドに歩み寄った。そして、ナイトテーブルの上にある電話のプラグが抜いてあるのに気づいた。「これじゃ出られるはずないな」彼はレスリーのひきつった顔をじっと見た。「痛みがひどいのかい?」

レスリーは息もできないくらいだった。「ひどいわ」やっと答えた。そんな言葉ではとても伝えられっこないと思いながら。

エドはベッドのそばの椅子から白い厚手のシェニール地のバスローブをとりあげた。「さあ、救急治療室に行こう。マットにルー・コルトレーンに電話してもらって、向こうで落ち合うことにしよう」

レスリーがおとなしく従ったのは苦痛のせいだった。ベッドを出ながら、顎のところまできっちり覆っているフランネルのパジャマを着た格好を意識した。マットはびっくりしたんじゃないかしら。エドにバスローブを着せてもらいながらレスリーは思った。彼は上がけの下の私は裸だと思っていたにちがいない。なにしろ彼は私をふしだらな女だと決めつけているのだから!

マットは無言だった。ドアのそばにただ突っ立って、まめまめしくレスリーの支度をしてやっているエドをむっつりとした顔で眺めていた。

レスリーが歩こうとして、つぎの瞬間うずくまった。

マットは反射的にそばに駆け寄ったが、エドは彼を制し、自分でレスリーを抱きあげた。いとこが手を触れようものなら、彼女は建物が崩壊しそうなほど大きな悲鳴をあげることがエドにはわかっていた。前の晩に何があったか知らないが、マットとレスリーの様子からすると、どちらもプライドに傷を負い、どちらもはらわたを煮えくり返らせているようだ。

「さあ、行こう。彼女は僕が抱いていく」エドが言った。

マットはレスリーの歪んだ顔を見ると、一刻も無駄にしなかった。先に立って廊下を進み、玄関から外に出た。

「私のバッグ」彼女がかすれた声で言った。「保険証が……」

「そんな物はあとでいい」

マットはそっけなく言った。メルセデスの後部ドアを開け、エドがレスリーを乗せるのを待った。

レスリーは目をつぶって後ろにもたれた。痛みのために吐き気さえ覚えた。

「ダンスなどしてはいけなかったんだ」車をスタートさせながら、マットは苦々しく言った。「僕が椅子から乱暴に立たせたのもよくなかった。僕のせいだ」

エドはそれに答えなかった。彼は気遣わしげな顔で、座席越しに後ろのレスリーを見ていた。昨夜のダンスのせいで彼女がひどいダメージを負うことにならなければいいが……。

ルー・コルトレーンは救急治療室で待っていた。エドがレスリーを抱いて建物に入ってくると廊下から手招きし、あとにつづくマットが治療室に入るのを待ってドアを閉めた。

ルーは脚を注意深く診察しながら質問したが、レスリーは答えるのも無理なほどの状態だった。

「レントゲンを撮るわ。でも、その前に痛みをなんとかしましょう」

「ありがとう」レスリーは涙をこらえ、喉をつまらせた。

ルーはレスリーの乱れた髪をそっと撫《な》でつけ、やさしく言った。「かわいそうに。泣きたかったら泣いていいのよ。恐ろしく痛いのはわかってるわ」

注射の用意をしに医者が出ていくと、レスリーの目から涙があふれ出してこぼれた。やさしい言葉をかけられたからだった。レスリーはめったなことでは泣かない。レスリーは強かった。どんなことも胸におさめてじっと耐えた。レイプされそうになったことも、撃たれたことも、汚名も、母の裁判のことも、母が口さえきいてくれないことも……。

「だいじょうぶだよ」エドはハンカチをとり出してレスリーの涙をふいてやり、ほほ笑みかけた。「ドクター・ルーが楽にしてくれるからね」

「なんてことだ！」マットは腹立たしげにつぶやき、部屋を出ていった。彼女をあんなに苦しませる元凶を作った自分が耐えられなかった。まったく耐えられなかった。それにエドが彼女を介抱しているのを見るのも……。

「大嫌いだわ、あの人」マットがいなくなるとレスリーは嗚咽《おえつ》をもらした。身を震わせた。「彼は私のことをばかにして笑ったのよ。彼女が言ったわ。二人して笑ったって」

エドは怪訝《けげん》そうに眉をしかめた。「彼女？」

「キャロリンよ」涙は目の中では熱く、頬にこぼれると冷たかった。「私、彼が大嫌い！」

ルーが注射器を手にして戻り、注射を打って効いてくるのを待った。彼女はエドを見やった。「外で待っていてもらえる？　レントゲンを撮っていくつか検査をしてからまた声をかけるわ」

「オーケー」

エドは部屋を出て、待合室にいるマットのところへ行った。いとこは良心の呵責《かしやく》に苛まれているのか、こわばった顔をしていた。マットはちらっとこちらを見ただけで、また窓の外の木々に目を向けた。空は陰鬱《いんうつ》な灰色で、いまにも降りだしそうな気配だ。彼の気分にそっくりだった。

エドは眉をひそめながらそばの壁にもたれた。

「レスリーは、ゆうべキャロリンが電話をしてきたと言っていた。たぶん、そのせいで彼女はプラグを抜いたんだろうな」

「えっ？」こんどはマットが眉をしかめた。

「キャロリンは、君と二人で彼女のことを笑ったと言ったそうだ。なんのことなのか、レスリーは言わなかったが」

マットの顔がみるみる険しくなった。彼の目は視線を合わせるのが怖いくらいだった。

「レスリーを傷つけるな」不意にエドが言った。声は静かだが、口調にはすごみがある。「彼女は辛《つら》い目にあってきた。彼女がいづらくなるようなことはするな。彼女はほかに行くところがないんだ」

マットはエドをにらんだ。脅しをかけるような言い方が気に入らない。いとこが自分よりずっとよくレスリーを知っているという事実もおもしろくなかった。二人は恋人なのか？　あるいは、かつて恋人だった？　たぶんそうだ。

「彼女は秘密を抱えている」マットは言った。「彼女は撃たれた。誰が撃ったんだ？」

エドは心底びっくりした顔をした。「撃たれた？　誰がそんなことを？」とても上手にしらばくれたので、いとこをごまかせた。

「誰というわけじゃ……」マットは言葉につまった。「推測さ。骨が砕けるのに、ほかにどんな原因が考えられる？」

「打撲、転落、自動車事故……」

「たしかに」マットはため息をついた。「ダンスのせいでこうなった。これほどもろい状態だとは知らなかったんだ。彼女ははっきりしたことを何も言わなかった」

「そういう女性なんだ」

マットはいとこの方に顔を向けた。「どういう経緯で彼女と知り合ったんだ?」

「大学が同じだった」エドは言った。「時々デートしていた。彼女は僕を信頼してくれている」

マットはレスリーについて知っていることを頭の中で並べてみた。それらがパズルのピースだとすれば、どのピースもほかのピースとつながらない。初対面の時、彼女は僕の手を汚らわしいもののように払った。昨夜、彼女は僕の大胆な愛撫《あいぶ》を楽しんだ。最初に会った時の彼女は控え目でおどおどしていた。その後、会社では非常にてきぱきとしてちゃめっけさえあった。昨夜、ダンスフロアの彼女はまったく別人だった。それから僕は彼女を家に連れていった。あの時の彼女は燃えていた。静かで官能的だった。すべてちぐはぐだ。


「彼女を信頼しすぎないほうがいいぞ」マットは忠告した。「わからないところが多すぎる。彼女は何かを隠している。かなり後ろ暗いことがあるんじゃないか」

エドは反駁《はんばく》しなかった。口をしっかり引き結んで微笑した。「レスリーが人を傷つけるようなことは決してない。彼女を色眼鏡で見る前に、これだけは知っておいたほうがいい。彼女は本当に男が怖いんだ」

マットは笑い、皮肉たっぷりに言った。「そいつは驚きだ。ゆうべ、僕と二人きりになった時の彼女を見せてやりたかったな」

「どういう意味だ?」

「つまり、彼女は簡単に落ちる女だってことさ」マットは軽蔑の微笑を浮かべた。

エドは目を怒らせ、いとこを罵《ののし》った。「簡単に落ちる? まさか!」歯ぎしりして言った。

マットはいとこの反応に戸惑った。どう考えていいかわからない。たぶん、嫉妬《しっと》だろう。不意に携帯電話が鳴ったので、彼の気はそちらへそれた。電話を耳に当てる。キャロリンの声だった。マットはエドに聞かれないように離れたところへ移動した。このところのエドはまったく妙だ。

「今日は私を乗馬に誘ってくれるんじゃなかったのかしら?」キャロリンはほがらかに言った。「いま、どこにいるの?」

「病院だ」マットはうわの空で言った。彼の目は救急治療室に入っていくエドの姿を追った。「ゆうべ、君はレスリーに何を言ったんだ?」

「なんのこと?」

「彼女に電話をしただろう!」

キャロリンは曖昧《あいまい》な声を出した。「あれは――具合をきこうと思ったのよ。ダンスのあと、彼女はすごく痛がっているみたいだったから」

「ほかに何を言った?」

キャロリンは笑った。「ああ、わかったわ。私は何かの罪でとがめられてるのね。そうなんでしょう? ねえ、マット、彼女は弱々しい女のふりをしてるだけよ。そんなお芝居くらい、あなたはお見通しだと思ってたわ。彼女は私が何を言ったと言ってるの?」

マットは肩をすくめた。「気にしないでくれ。僕の誤解だろう」

「ええ、そうですとも」キャロリンは言った。「私が痛みで苦しんでいる人に電話をして、嫌味を言ったりするものですか。あなたは私をそんな人間だと思っているのかしら」

「まさか」マットの胸中に苦々しいものが渦巻いた。レスリーが嘘《うそ》をでっちあげたとも思えてきた。僕が誘惑に乗らなかった腹いせか? あるいは、彼女は僕とエドのあいだをぎくしゃくさせようと考えているんだろうか？

「乗馬のことはどうなったのかしら？　それにあなたはなぜ病院にいるの？」キャロリンがきいた。

「エドと一緒だ。彼の友達の見舞いに来た」マットは言った。「乗馬は来週末に延期しよう。また連絡をするよ」

彼は電話を切った。目が怒りで黒ずんでいた。レスリー・マリという女を解雇したい。二度と会わないですむようにしたい。彼女はまったく厄介な存在だ。

マットは携帯電話をポケットにしまい、エドとレスリーを待った。

三十分以上経《た》って、エドが出てきた。両手をポケットに入れ、顔を曇らせている。

「入院させるそうだ」エドは言った。

「脚の痛みで入院か？」マットは皮肉をにじませてきいた。

エドは顔をしかめた。「ずれた骨が神経を圧迫している。きちんと治療しない限り痛みはなくならないとルーは言っている。ヒューストンから整形外科医を呼ぶことになった。彼は今日の午後にはこっちへ着く」

「治療費は誰が払うんだ？」マットは冷ややかにきいた。

「きかれたから言うが、僕が払う」エドはいとこの鋭い目つきにもひるまなかった。

「まあ、君の金だ」マットはふっと息を吐いた。「骨がずれた原因はなんなんだ？」

「知っていることを、なぜあえてきくんだ？」エドはきき返した。「僕は彼女のそばにいることにする。彼女は怯《おび》えているから」

一つだけ明らかだった。レスリーは痛がる芝居はできたとしても、レントゲン写真のまやかしは作れない。マットの胸の奥に、自分をとがめる気持が忍びこんだ。僕が彼女をダンスに誘わなかったら。それに、あんなふうに乱暴に腕をつかんで立たせなかったら……。

マットは何も言わなかった。エドに背を向けて病院を出た。レスリーはエドに任せておけばいい。胸の中で何度もそうつぶやいた。だが、家に帰る途中、ずっと良心がうずきつづけた。むろん、わざと彼女を痛めつけたのではなかったが。マットは彼女の涙を思い出した。あれは嘘の涙じゃない。ルーが彼女の髪をやさしく撫でた時にどっとあふれてきた。まるで生まれてこのかた、人にやさしくしてもらったことがないかのようだった。

車で家に帰り着くと、マットは翌日の重役会議の下準備に頭を集中させようとした。だが、早々にあきらめた。その晩、彼は酒を飲んでベッドに入ったが、なかなか寝つけなかった。

レントゲンのフィルムを調べた整形外科医は、緊急に手術が必要だというルーの所見を支持した。しかし、レスリーは手術をしたがらなかった。話し合うのも拒否した。二人の医者とエドが部屋を出ていくと、すぐに彼女は這《は》うようにしてベッドからおり、不自由な脚でクローゼットのところに行って、パジャマとローブと靴をとり出した。

廊下で、マットはエドとルーと高価そうなスーツを着た長身の見知らぬ男に出くわした。

「二人ともそんな険しい顔をしてどうしたんだ?」

マットはきいた。

「レスリーが手術を拒んでいる」エドが心配そうに言った。「ドクター・サントスがはるばるヒューストンから駆けつけてくれたというのに、彼女は耳を貸さない」

「その必要はないと思っているんだろう」

「彼女がどんな痛みを耐えているか、あなたはまったくわかっていないわ」ルーはマットの言い方に腹を立て、彼を厳しくにらんだ。「砕けている骨があるの。その砕けた骨の一つがずれてまともに神経に当たっているのよ」

「事故の直後にきちんと接合されるべきだった」招かれた整形外科医は言った。「包帯をしただけで放《ほう》っておいたとは、担当医の無責任さは言語道断だ。ギプスを使ったのもずっとあとだったとはね！」

マットもそれは医者の職務怠慢だと思った。彼は眉根を寄せた。「彼女は手術をしたくない理由を言ったか？」

ルーはため息をついた。「彼女は話し合おうともしないわ。誰の言葉も聞こうとしないの。結局は手術するしかないのに。早晩のたうち回るような苦痛に見舞われるでしょうからね」

マットは三人の顔に視線を走らせた。それから彼らの横を抜け、レスリーの病室に行った。

マットが入っていくと、フランネルのパジャマ姿のレスリーはローブをとろうとしていた。彼女は水でもたちまち沸騰して煮えくり返りそうな目でマットを見た。

「少なくともあなたは、したくない手術をしろなんて説得したりはしないわね」クローゼットからベッドへ苦労して戻りながら彼女は言った。

「どうしてだ？」

レスリーは両方の眉をつりあげた。「あなたにとって、私はただ目障りな人間ですもの」

マットはベッドの足元に立ち、ローブに袖《そで》を通しているレスリーを見守った。彼女の片方の脚は不自然な角度で投げ出され、顔は歪んでいた。マットは彼女がいまどれほどの苦痛に耐えているか想像できた。

「手術をするかしないかは君の好きにするがいい」

マットは腕組みをし、いかにも冷淡に言った。「だが、会社で君をあっちからこっちへ運んで回る人間を雇うのは断る。君が殉教者を演じたいというなら、それは君の自由だがね」

バスローブのサッシュをもてあそんでいたレスリーの手が止まった。マットが何を言いたいのかわからず、じっと彼を見る。

「世の中には周囲の同情を買って、それに快感を覚える人間がいる」マットはつづけた。

「私は同情を買おうなんてしていません！」レスリーは叩きつけるように言った。

「本当かな？」

レスリーはローブのサッシュを手に巻きつけ、しばらくそこに目を落としていた。「ギプスをつけることになるでしょうね」

「そうなるだろうな」

「私はまだ保険がきかないんです。保険が使えるようになったら手術を受けられます」

レスリーは目をあげ、冷ややかにマットを見た。

「あなたが心配していらっしゃるかもしれませんから、念のために言っておきます。私はエドに費用を出してもらうつもりはありません！」

マットは彼女の自立心をほめてやりたい気持と闘った。本心だろう。そう聞こえる。だが、もしかするとポーズかもしれない。彼は目を鋭くした。

「費用は僕が出す」

言った本人もレスリーもびっくりした。

「君の週給の小切手から分割で返してもらう」

レスリーは奥歯を噛《か》みしめた。「手術にどれくらい費用がかかるか知っています。ですから前に受けなかったんです。一生かかってもお金を返しきれません」

「それはなんとかなるかもしれない」マットは彼女の体を眺め回した。

レスリーは赤くなって叫んだ。「いいえ、無理だわ！」

レスリーは立ちあがった。鎮痛剤を投与されているのだが、痛みは我慢の限界を超えそうだった。だが、必死に脚を引きずって椅子のところへ行き、そこに置いてある靴をはいた。

「どこへ行くつもりだ？」

「帰るんです」

そばを通り抜けようとするレスリーを、マットは落ちた小包を拾うように腕にすくいあげ、まっすぐベッドに運んで横たえた。両腕を柵《さく》のようにして彼女の体をとめつけ、ぐいと顔を近づけた。

「ばかなことをするんじゃない」彼は恐ろしく厳しい声で言った。「いまのような状態は君自身のためにならないばかりではない。はた迷惑だ。君にはつべこべ言う権利はない」

涙をこらえようとしてレスリーの唇は震えた。どうすることもできない。無力だった。そのうえ、あの整形外科医を見ると、耐えがたい屈辱を与えられたヒューストンの救急治療室の医者を思い出してしまう。

懸命に泣くまいとしている様子がマットの心を動かした。なぜか彼女のことが気になる。本当は心配などしたくない。だが、心配でたまらない。

彼はレスリーの濡《ぬ》れたまつげを、長い人さし指で撫でた。

「家族はいるのか？」きくつもりなどなかったのだが、マットはたずねた。

レスリーは母を思い出した。獄中の母。心底ぞっとした。「いいえ」小さく言った。

「両親ともいないのか？」

「ええ」

「きょうだいも？」

レスリーはかぶりを振った。

マットは彼女の境遇に胸を痛めたかのように顔をしかめた。じっさい、そうだった。このレスリー・マリはいまにも壊れそうなほど弱々しくて寄る辺なく、まったく途方に暮れている。自分がなぜそこまで彼女を気遣うのか理解できなかった。たぶん、彼女とあんなふうに踊り、そのせいで彼女を二度と踊れない脚にしてしまったことで良心がうずくのだ。

「私、帰りたいんです」レスリーは言った。

「いずれ帰れる」マットは答えた。

レスリーは彼がこの前もそんなふうに言ったのを思い出し、恥ずかしくなって目をそむけた。

マットは悔やんだ。こんな状態の彼女を誘惑してはいけなかった。まったく卑怯《ひきよう》なまねをしてしまった。

「エドは勝手に迷い子を連れてきて、責任を負わされるのは僕か！」

マットはつぶやいた。無力な彼女と、望んでいるわけでもないのに彼女にひかれてしまう自分に腹が立つ。

彼女は無言で唇を震わせ、顔をそむけた。腰の両側に置かれた彼女の手は、関節が白くなるほど固く握りしめられていた。

マットは急いでベッドから離れた。彼の目はぎらぎらしている。

「君は手術を受ける」マットはそっけなく言った。「君の脚がよくなれば、エドは君を支えてやる必要がなくなる。ほかの女性たちと同じように、君は自活していける」

レスリーは返事をしなかった。彼の方を見もしなかった。よくなりたかった。もとどおりの体に戻りたかった。そうすれば、こんな嫌な人のもとにいなくてすむ。

「聞いているのか？」マットは危険なまでにやわらかな声できいた。

レスリーは聞いている証拠に短くうなずいたが、返事はしなかった。

マットは腹立たしく息を吐いた。「みんなに言ってくる」

彼はレスリーをベッドに残し、廊下にいる三人に彼女の決心を知らせに行った。

「どうやって承知させたんだ?」ルーとドクター・サントスがレスリーの部屋に引き返していったあとで、エドはいとこにきいた。

「彼女を怒らせたのさ。同情は役に立たない」

「たしかに」エドは静かに言った。「レスリーは人の温かみに触れたことがほとんどないだろうからね」

「彼女の両親はどうしたんだ?」

エドはためらいがちに答えた。「お父さんは農薬散布の仕事で飛行機を操縦していて、電線に突っこんだと聞いている。送電線の位置を見誤ったらしい。感電死だったそうだ」

マットは眉をひそめた。「母親は?」

「二人は同じ男を好きになった。男は死に、レスリーと母親はいまだに口もきかない状態だ」エドは話をぼかして言った。

マットは顔をそむけ、ポケットの中の小銭を落ち着きなくもてあそんだ。「その男はどうして死んだんだ?」

「暴力のせいだ。ずっと前のことだよ。しかし、レスリーは永久にその痛手から立ち直れないんじゃないかな」

それは一面の真実だった。レスリーがいまも死んだ男に思慕を寄せているように聞こえたとしても、それはエドが意図したことだった。彼はレスリーをマットから守りたかった。いとこに彼女をもてあそばれたくなかった。彼女はいい友達だ。彼女の人生を台なしにさせたくない。マットは新しい獲物を見ると手に入れたがる。レスリーはいい娘《こ》だ。マットの〝元ガールフレンド〟の列の末尾に名を連ねさせるのはもったいない。

マットは訝《いぶか》しげにいとこの顔を見た。「手術はいつだ？」

「明日の朝」エドは言った。「僕は会社には遅刻するよ。手術のあいだここにいてやりたいから」

マットはうなずいた。彼は廊下の向こうのレスリーの病室にちらりと目をやった。彼は少しためらったあと、背中を向け、無言のまま病院を出た。

マットが帰ると、エドはいとこがどんなことを言ったのか、レスリーにたずねた。

「私が手術を受けたがらないのは、周囲の人たちに哀れんでもらいたいからだろうと言ったのよ」レスリーは憤然として言った。「私は殉教者になりたいわけじゃないわ！」

エドは笑った。「わかっているよ」

エドは笑った。「わかっているよ」

「あなたがあんな人といとこどうしだなんて信じられない。彼は本当にひどい人よ！」

「マットは辛い目にあったんだ。いくらか君と似たような目にね」エドはやさしく言った。

「彼と彼のいまのガールフレンドはとってもお似合いだと思うわ」

「さっきマットがここにいた時、キャロリンが電話をしてきた。何を話しているのか聞こえなかったが、有り金全部を賭《か》けてもいい、彼女は君に嫌がらせなど言わなかったと嘘をついたのはたしかだ」

「彼女がそんなことを認めると思う？」

レスリーは枕にもたれた。よかった。痛み止めの注射が効いてきた。

「何週間か、ギプスをつけて無様な格好で会社の中を歩き回ることになるでしょうね。でも、彼はなんとか理由をつけて私をくびにするかもしれないわ」

「そういうことについては社の規定がある。君を解雇するには僕の同意が必要だ。僕は同意しないよ」

「心強いわ」レスリーは弱々しい微笑を作った。

「任せておけ」エドは笑った。そして彼女の目の中を探った。「レスリー、あの事件の時、医者はどうしてきちんと骨の治療をしなかったんだ？」

レスリーは天井を見つめた。「あの医者はこう言ったわ。〝みんなおまえが悪い。こういう目にあうのは当然の報いだ〟って。彼は私をあばずれと呼んで、おまえのせいでまともな市民が殺されたんだって言ったのよ」彼女は目をつむった。「あんなに傷ついたことはなかったわ」

「わかるよ。想像できる」

「二度と医者へは行かなかったわ。ひどいことを言われたからというだけじゃなくて、費用のこともあったの。保険に入っていなかったし、お金もなかった。ママは公選弁護人を頼むしかなかった。脚は痛んだけれど、それにもだんだん慣れたわ。足を引きずって歩くことにも」

レスリーは静かな目をエドの顔に向けた。

「またふつうに歩けるようになれたらすてきだわ。費用は必ずお返しします。辛抱強く待っていただかなくてはならないでしょうけど」

エドは顔をしかめた。「誰も費用のことなど気にしていない」

「彼は気にしているわ。でも、それは当然よ。私は誰にも経済的な負担をかけたくないわ。彼にも」

「そのことはまた話し合おう」エドはやさしく言った。「いまはとにかく、君によくなってほしい。それだけさ」

レスリーは、ため息をついた。「よくなるかしら？」

「奇跡はいつだって起きる。君にはもっと早く起こってよかったんだ」

「ふつうに歩けるようになるためなら、喜んでおとなしくしているわ」レスリーは微笑した。

6

手術は翌日の昼前に終わった。エドはレスリーが無事に回復室から出てくるまで待っていた。彼女は個室のベッドに身動きもせず、青ざめて横たわっていた。二、三日付き添いを頼んだ看護師がそばについていた。エドはルー・コルトレーンと整形外科医に話を聞いた。ミス・マリはこれからは痛みを抱えて暮らさずにすむと、外科医は請け合った。現代の外科治療は進歩して、かつては不可能と考えられていた手術もいまでは日常的に行われているのだ。

エドは心も軽く出勤した。廊下でマットに呼びとめられた。

「うまくいったか？」マットがいきなりきいた。

エドは歯を見せてにっこりした。「順調に回復に向かっている。ドクター・サントスは六週間でギプスが外せると言っていた。その晩にはダンスのコンテストにでも出られるだろうってさ」

マットはうなずいた。「そうか」

そして、マットは請求書の件について質問した。エドはそれに答えると、もう当分マットは自分に用はないはずだと思いながらオフィスに行った。臨時の秘書が来ていた。速記が得意な、赤毛の快活な美人だ。

驚いたことに、マットが追いかけるように入ってきて、ドアを閉めた。「教えてくれ。骨が砕けた原因はなんだ？」彼はいきなりきいた。

エドは椅子に腰をおろし、散らかったデスクに腕をのせ、前かがみになって穏やかに言った。「それはレスリーの個人的な問題だ。たとえ知っていたとしても、僕が言うわけにはいかない」

マットは苛立《いらだ》たしげに吐息をついた。「彼女はさっぱりわからない。謎《なぞ》だらけだ」

「彼女はやさしいいい娘《こ》だ。いろいろ辛《つら》い目にあっているけれどね」エドは言った。「君がどう思っているにしろ、〝たやすく落ちる〟女なんかじゃない。間違っても、君がいつも付き合っている女たちの部類に入れるな。君は後悔することになる」

マットはいとこの顔をじっと眺めた。「僕が彼女を〝たやすく落ちる〟と思っている？　それはどういう意味だ？」

「もう忘れたのか？　君は自分でそう言ったんだよ」

マットは、自分がレスリーをそんなふうに決めつけたことが不快だった。腹が立った。「ミス・マリは君にとって特別な女性らしいな。それほど気に入っているなら、どうして結婚しないんだ？」

エドは額の髪を撫《な》であげた。「僕のフィアンセがヒューストンで銀行強盗に撃たれて死んだ時、僕が自分の頭を吹き飛ばさずにいられたのは彼女のおかげだ」彼は言った。「じっさい僕は弾をこめたピストルを持っていたんだが、彼女がそれを僕からとりあげた」

　マットは目を細くした。「そんなにまいっていたなんて、君は僕に何も言わなかったぞ」

「言ってもわからないだろうと思った。マット、君は女性を一ダースで十セントの安物商品みたいに思っている。一度だって本当に愛したことがない」

　マットはさすがに苦々しい顔をした。「僕は女に翻弄《ほんろう》されるのはごめんだ」彼はそっけなく言った。「エド、女ってものはずるい。ほしい物を手に入れるまでは愛想を振りまき、手に入れたらさっさとつぎに乗り換える。僕は愛する女に打ちのめされた多くの善良な男を見ている」

「悪い男もいる」エドは指摘した。

　マットは肩をすくめた。「それはたしかだ」彼は微笑した。「とにかく、僕は君のためにできることをしたはずだよ。時々意見が食い違っても、僕らは世間のふつうのいとこどうしより心がつながっているんだから」

　エドはうなずいた。「ああ、そうだ」

「君は本当にミス・マリが好きなんだな？」

「かわいい妹っていう感じかな。彼女は僕を信頼している。君にはわからないだろうが、彼女にとって男を信じるというのはとても難しいことなんだ」

「君は彼女に騙《だま》されているんじゃないのか？」マットは言った。「気をつけろ。彼女は金に困っていて、君は金持だ」

　エドはかすかに顔を歪《ゆが》めた。「マット、君は本当の彼女をまったく知らない」

「それは君もさ」マットは冷ややかな微笑を浮かべた。「君が知らないことを僕は知っている。いい加減にしておいたほうがいいぞ」

エドは反駁《はんばく》できないのが癪《しゃく》だった。「僕は彼女を自分のオフィスに置いておきたい」

「ギプスをつけてどうやって通勤するんだ？」

エドは椅子の背にもたれ、にっこりとした。「五年前に僕がスキーで足首を骨折した時のようにすればいい。骨折したって仕事はできる。彼女は足でパソコンのキーを打つわけじゃないからね」

マットは肩をすくめた。ミス・マリをどう考えていいのか、相変わらずまったくわからない。「なら、好きにしたらいい。ただし、僕の目の前をうろうろさせるな」

それは難しくない。エドは心を曇らせた。マットはレスリーの好きな人のリストには入っていない。これから先が思いやられる。ダイナマイトと火のともった蝋燭《ろうそく》を一緒に置いておくようなものだ。


レスリーは三日で退院し、一週間後に職場に復帰した。手術の費用は会社が負担した。彼女も、エドも、それには驚いた。マットは罪悪感を覚えていて、それでそうしたのだとレスリーは解釈した。ちくちく良心をうずかせているのが嫌だったのだ。だが、レスリーは彼の責任だとは思っていなかった。彼とのダンスはとてもすてきだった。あの夜の結末については考えないようにした。忘れてしまうのが一番いいこともある。

復職した最初の日、レスリーは松葉杖《まつばづえ》をついてエドのオフィスに入り、デスクの前に座った。

「どうやって来たんだ？」エドは驚いた顔で微笑した。「君は車を運転できないだろう？」

「ええ。でも、同じ下宿にジェイコブズビルのダウンタウンで働いている人がいて、彼女に週に三日乗せてもらうことにしたの。ガソリン代は私が持って、彼女が休みの日には私はタクシーを使うの」

「君がまた出てきてくれてうれしいよ」エドは心から喜んだ。

「ええ、そうでしょうね」レスリーはからかうような目をした。「カーラ・スミスのこと、ミスター・コールドウェルの秘書の人たちがお見舞いに来てくれた時にすっかり聞いたわ。彼女はあなたにそれは夢中になってしまったんですってね」

エドは笑った。「みんなはそう言っているね」

レスリーはちょっと眉をひそめた。「過ぎたことにこだわっていてはいけないわ」

「だったら、君は自分にもそう言うんだね」

レスリーは松葉杖をデスクの横に置き、椅子に戻った。「あなたのオフィスとここを行ったり来たりするのはちょっとたいへんみたい。手紙の速記はここでとってはいけないかしら?」

「むろん、いいとも」

レスリーはオフィスを見回した。「仕事に戻れてうれしいわ。ミスター・コールドウェルは私をくびにするだろうと思っていたけれど」

「僕も、ミスター・コールドウェルだ」エドは言った。「マットは口は悪いが本心はいいやつさ。君をくびにしたりはしない」

「私のせいで、あなたと彼のあいだがぎくしゃくしたら嫌だわ」レスリーは気遣わしげに言った。「それなら、私は辞めたほうが……」

「それはだめだ」エドは笑って彼女の髪をかき回した。「僕は君にいてほしい。とにかく、君はほかの人たちよりスペルがたしかだからね」

レスリーの目が明るくなった。彼女はにっこりして言った。「ありがとう、ボス」

マットが入っていくと、二人はちょうど親密そうに顔を見つめ合っているところだった。彼は表情を硬くし、ばたんと大きな音をたててドアを閉めた。

二人は飛びあがった。

「驚くじゃないか、マット！　ドアを叩《たた》きつけないでくれ！」

「仕事中に秘書とべたべたするな」マットは言い返した。冷たい視線をレスリーに向ける。彼を見ると、レスリーの目もすっと冷たくなった。

「出てきたんだな、ミス・マリ」

「そのほうが病院の費用をお返しできますから」レスリーはつんとして微笑を返した。

マットは言い返したいのを我慢し、彼女を無視してエドの方に顔を向けた。「ネル・ホッブスを昼食に連れ出して、例の土地計画の件で彼女がどっちに投票するつもりか探ってくれないか。うちの牧場の隣をレクリエーション区域にするというなら、僕は一生を賭《か》けても裁判で争う」

「彼女が賛成票を投じたとしても、賛成は彼女一人だけのはずだ」エドは自信を持って言った。「ほかの委員たちに打診してみたんだ」

マットはいくらかほっとしたようだった。「オーケー。それなら、ひとっ走りホーリハンの販売代理店に行って、僕の新しいジャガーをとってきてくれないか。今朝届いているはずだから」

エドの目が大きくなった。「僕に運転させてくれるのかい？」

「もちろんさ」

マットがにっこりした。彼のそんな気持のいい笑顔を見るのは、レスリーははじめてだった。

エドは笑った。「じゃ、ありがたく。すぐに戻るよ！」彼はいそいそと廊下に向かった。「レスリー、手紙は午後にしよう！」

「はい。それまで例の古い記録を打ち直しています」レスリーはちらりとマットに目をやり、手術前の命令を忘れていないことを知らせた。

マットは両手をズボンのポケットに入れ、黒みがかった目で彼女の灰色の目をじっと見た。その視線をゆっくりと、彼女のやわらかな唇へと落とした。その唇が飢えたように彼の唇に吸いついてきた感じを思い出した。あのうめきも……。

彼は顎をこわばらせた。あのことは考えたくなかった。「それは後回しでいい。子供の病気で、僕の秘書が休んでいる。だから、君は今日は僕のために仕事をしてくれ。エドの急ぎの仕事はミス・スミスにやってもらえばいい」

彼女は見るからに硬くなった。「はい」

「僕はヘンダースンとちょっと話がある。三十分したら僕のオフィスへ来てくれ」

「はい」

二人は敵対するように見つめ合った。マットは腹立たしげに何かつぶやき、出ていった。

レスリーは郵便物を仕分けしたり目を通したりした。気づくと、三十分を少し過ぎていた。人の気配に目をあげると、マット・コールドウェルが苛立った様子で戸口に立っていた。

「すみません。時間を忘れていました」レスリーは開いていた郵便物を急いで脇《わき》に置き、松葉杖をとって椅子から立ちあがり、メモ帳とペンを持った。マットを見あげると、彼はいつもよりもっと背が高く見えた。

「準備ができました、社長」

「社長と呼ぶな」

「はい。では、ミスター・コールドウェル」

マットはレスリーをにらんだが、彼女は平然として、ちらっと微笑さえ浮かべた。彼は何かを投げつけたくなった。マットは背を向け、長い廊下を先に立って自分のオフィスに向かった。

社長室には、ジェイコブズビルの町が一望できる張り出し窓があった。デスクは樫《かし》材のどっしりとした非常に大きなもので、書類や仕事に必要な物がところ狭しとのっていた。デスクの後ろにはキッド革の椅子があり、そのほかに二脚の立派な肘掛け椅子とソファが置かれ、どれもバーガンディー色だった。絨毯《じゅうたん》は深いベージュ。カーテンは家具よりも深いバーガンディー色のチェックで、秋の色合いだった。マントルピースの上に、どことなくマットと似ている人のポートレートの額がのっていた。暖炉には丸太を模したガス炎管が入っている。客をコーヒーや飲み物でもてなすためだろう、暖炉のそばには二脚の椅子とテーブルがあった。一方の壁ぎわにはバーがしつらえてあり、鏡がはめこんであるので、天井の高い部屋にいっそう広々とした雰囲気を与えていた。窓は大きかったが、会社に改装されたこのビクトリア朝様式の建物にはエアコンが完備されていたので、開閉されることはなかった。

マットはそっと部屋を観察しているレスリーの様子を眺めた。彼はドアを閉め、デスクと向かい合った椅子を示した。レスリーは腰をおろし、松葉杖を横に置いた。まだ少し痛みがあったが、アスピリンでおさまる程度だった。ギプスを外す日が待ちどおしい。再びふつうに歩けるようになる日が。

彼女は膝の上にメモ帳を置き、ギプスの脚を一番楽な位置に動かした。

マットは椅子の背にもたれ、ブーツをはいた足をデスクにのせ、レスリーのすらりとした体に伏し目がちに視線を走らせた。彼女が着ているのはベージュのゆったりとしたパンツスーツで、上着の襟元に柄物のスカーフをのぞかせている。パンツの外側の縫い目は、ギプスのためにほどいてあった。そのほかの部分は、全身をきっちり覆っていた。最初に会った時もそうだった。前にそのことに気づかなかったのが不思議だった。

「脚の具合はどうだ?」彼はそっけなくきいた。

「よくなっています。おかげさまで」レスリーは答えた。「経理の人に話しておきました。毎週の小切手から四分の一を差し引いてほしいと……」

マットはいきなり身を乗り出した。おろしたブーツが床に当たり、銃声のような音がした。

「経理には僕が指示する」彼は鋭く言った。「それは分を超えたふるまいだ、ミス・マリ。二度とするんじゃない」

レスリーは不格好なギプスの脚を動かして座り直した。「申し訳ありません、ミスター・コールドウエル」

彼女の声は静かだったが、メモ帳とペンを持っている手が震えていた。マットは目をそむけ、立ちあがって窓の外をにらんだ。

いつ口述をはじめるのだろうと思いながら、レスリーはメモ帳の白いページに目を落としたまま辛抱強く待った。

「君を救急治療室に連れていった日の前の晩、キャロリンが君に意地の悪い電話をしてきたとエドに言ったそうだな」

マットはエドが言ったことを思い出し、なぜかひどくひっかかった。彼はレスリーを振り返った。彼女は驚いた顔をしている。

「キャロリンはそんなことはしていないと言っていた。君を動揺させるようなことは何も言わなかったと」

レスリーは眉一つ動かさなかった。マット・コールドウエルにどう思われようと、いまさらもうどうでもよかった。自分を弁護しようともしなかった。

マットは眉を寄せた。黒っぽい眉が鼻梁《びりょう》の上で一本につながる。「どうなんだ?」

「私に何を言わせたいんでしょうか?」

「謝るというのはどうだ?」マットは冷ややかに言った。嘘《うそ》を暴いてやろう。「あらぬことを言われてキャロリンは不愉快に思っている。彼女が嫌な思いをしているのはおもしろくない」

彼は蔑《さげす》みの目をして、レスリーがどう出るか待った。

レスリーはペンを握る手をこわばらせた。マット・コールドウェルのそばで働くのは、想像以上にひどいことになりそうだ。彼は私をくびにできない。エドはそう言った。でも、私が辞めたくなるように仕向けることはできる。彼がこんな嫌がらせをつづけるなら、私はとてもここにいられない。

突然、どうでもいいような気がした。ほとほとうんざりした。傷つけたのはキャロリンのほうだ。私ではない。レスリーは日ごとに重くなる過去を背負って生きていくのが心底嫌になっていた。マット・コールドウェルの筋違いな追及に、ついに堪忍袋の緒が切れた。

レスリーは松葉杖を引き寄せて立ちあがった。

「どこへ行くつもりなんだ?」マットは彼女が反駁一つしようとしないことに驚いた。

レスリーはドアに向かった。マットはいともたやすく彼女の前に立ちふさがった。レスリーは一歩進むのも大仕事だったから。

レスリーは罠《わな》にとらわれた動物のような、あきらめと恨みの入りまじった力のない目をあげた。「あなたはエドの同意なしに私をくびにできない。エドがそう言っていたわ。でも、しつこく嫌がらせをして私が辞めるように仕向けることはできるわけだわ」

マットは顔をこわばらせた。「君はそんなに簡単に負けるつもりか?」彼はいたぶるようにきいた。「で、どこへ行くつもりなんだ?」

レスリーは目を伏せた。フラットシューズの片方に土がついていることにふと気づいた。土を落とさなくては……。

「どこへ行くつもりだときいているんだ」マットが語気を強めた。

レスリーはマットの冷たい目を見返した。「広いテキサスですもの。どこかに秘書の口の一つか二つはきっとあるはずです。そこをどいて通らせてください」

マットは動いた。けれどその動きはレスリーの期待とは違っていた。マットは松葉杖をとりあげ、ドアのそばの本棚に立てかけた。両手でレスリーの顔をはさみ、自分の前に留めつけた。黒みがかった目をかすかに光らせ、彼女の青ざめた顔と唇をじっと見る。

「やめて」レスリーはやっとのことで言った。

マットはさらに近寄った。彼はスパイスとアフターシェーブ・ローションと、コーヒーのにおいがした。レスリーの額にかかる彼の息は温かだった。体の温《ぬく》もりも伝わってくる。彼の寝室で彼に抱かれた時のことを嫌でも思い出した。

マットも同じことを思い出していた。だが、うれしくはなかった。信用していない、信頼できないこの女にひかれる自分が気に入らなかった。

「君は触られるのが嫌いだと言っていたな」マットは皮肉をこめて言い、いきなり片手で彼女の胸を撫で、挑発するようにふくらみを包んだ。

レスリーは大きく息をのんだ。隠していた弱さをさらけ出した。「やめて。私にはなんの下心もないわ。エドにもあなたにも。行かせて……。私はどこかへ行ってしまいますから」

彼女は本当にそうするつもりだろう。そのことがマットを傷つけた。僕は彼女の人生を惨めにしている。どうしてだ？　なぜ彼女は僕の嫌な面をかき立てるのだろう。僕はふつう誰にでも親切なのに。とくに、体に問題がある人たちに対しては親切な人間のはずだ。

「エドは喜ばないぞ」

「本当のことを彼に言う必要はないわ」レスリーは

投げやりに言った。「あなたが好きなように説明してください」

「エドとは恋人どうしなのか？」

「いいえ」

「おかしいじゃないか。君はエドに触られるのは平気なんだろう」

「エドはそんなふうに触らないわ。あなたみたいには……」

レスリーの声はひきつっていた。その声がマットに、自分はどうしてこんな意地の悪いことをしているのだろうと自問させた。マットはレスリーの体から手をのけると、彼女の顎をつまんで目をのぞきこんだ。その目は苦悩を浮かべ、涙で曇っていた。

「うぶなふりをして、君はいままでどれだけの哀れな男をもてあそんできたんだ？」マットは冷たく言った。

レスリーはマットの顔のしわを見た。まだそんなに歳《とし》ではないのにしわがたくさんある。彼の目の中には冷たいものが沈んでいた。多くの裏切りをなめた苦々しさが、愛を知らずに過ぎたあまりにも長い年月が冷たく残っていた。

自分でも思いがけないことに、レスリーは手をのばして彼の髪に触れた。この前ルーが、無言のうちに慰めをこめてレスリーの髪を額からかきあげてくれたように。

そうされたマットは無性に腹が立った。彼はぐいと腰をひねり、自分の体を彼女に押しつけた。

レスリーは逃れようともがいた。するとマットはかすれた声をあげ、嫌な微笑を浮かべた。もがいたのは無益で、かえって状況を悪くしてしまった。

レスリーの顔が赤く染まった。これはあの晩と同じだ。マイクもこうした。腰をひねって強く押しつけ、何が起こっているのかわからず当惑している私を笑った。彼は連れてきた友達の前で、いま思い出しても吐きたくなるような下品なことをたくさん言った。いやらしいことをたくさんした。

マットの手がレスリーのヒップをつかんだ。体をさらに押しつけながら、長い脚の片方がレスリーの脚のあいだに差しこまれた。恐怖の記憶が蘇《よみがえ》り、レスリーは凍りついたようになった。あの時もこんなふうにしてはじまったのだ。マイクはレスリーをひわいな冗談の種にした。それまでレスリーはマイクのことがとても好きだった。好きだと思っていた。だがマイクは仲間の笑いをとろうとしてレスリーの無知をからかい、無理やり服をはぎとった。レスリーの小さな胸や、やせっぽちの体をばかにして笑い、いやらしい手で撫で回し、みだらなジョークを言った。

レスリーは過去の時間に逆戻りした。そこでは、彼女の目の前で、残酷で屈辱的な場面が繰り広げられていた。レスリーは仰向けに木の床に寝かしつけられている自分を見た。ドラッグで正気を失ったマイクの友達三人が、ぶるぶる震えているレスリーの手足を押さえつけている。そして裸のマイクがのしかかり、乱暴に脚のあいだを割って……。

マットはようやくレスリーの様子に気づいた。彼女は石像のように硬直し、顔は蒼白《そうはく》で、目は暗い穴のようだった。心臓が破裂しそうに鳴っているのが聞こえた。彼女の全身が震えたが、喜びや期待の震えではなかった。

マットは顔をしかめて体を離し、あとずさった。彼女は再び、ひきつけでも起こしそうなほど激しく震えた。過去の場面の中でマイクも、爆竹がはじける大きな音にびくりとして退いた。けれどそれは爆竹の音ではなかった。銃声だった。銃弾はマイクの体を貫通してレスリーの脚に食いこんだ。マイクは一瞬ぎょっとしたような顔をした。彼の青い目が見る見る生気を失っていった。その目は宙の一点を虚《うつ》ろに凝視し、つぎの瞬間、マイクの体はレスリーの上にくずおれた。彼の背中には小さな穴があいていた。胸の穴のほうが大きかった。母がわめいている。〝レスリーは私の恋人を誘惑した。二人とも殺してやる。マイクが死んでうれしいわ。レスリーも死ぬのよ!〟母がまた銃を構える。私を撃とうとする。

レスリーは裸で床に転がっていた。撃たれた脚から激しく血が噴き出している。レスリーは思った。私はこのまま出血多量で死ぬんだわ……。

「レスリー!」マットが叫んだ。

マットの姿が白っぽくにじみ、レスリーは壁に背中をつけてずるずると床にくずおれた。

気がつくと、エドが心配そうにかがみこんでいた。額に濡《ぬ》れタオルを当ててくれている。レスリーはぼんやりと彼を見つめた。

「エド?」

「そう、僕だ。だいじょうぶか?」

レスリーは何度かまばたきをし、あたりを見回した。そこはマットのオフィスで、レスリーはバーガンディー色の大きな革張りの長椅子に寝かされていた。

「どうしたのかしら?」レスリーはぼんやりときいた。「私、気を失ったの?」

「そうらしい」エドは重苦しい口調で言った。「仕事に出るのはまだ早すぎたんだろう。僕がいいと言ったのが間違いだった」

「あら、私はだいじょうぶよ」レスリーは起きあがったものの、吐き気がしてすぐには動くことができなかった。

レスリーはゆっくりと息を吸い、エドに笑みを向けた。「まだちょっとふらつくけれど、たぶん、朝食をとらなかったせいよ」

「いけない子だな」エドは微笑した。

レスリーは笑顔を返した。「もうよくなったわ。松葉杖をとってもらえるかしら?」

エドは壁ぎわに立てかけてあった松葉杖をとりに行った。レスリーは石のように立っているマットをちらりと見た。エドから松葉杖を受けとり、脇の下につがえた。

「うちに送ってくださる?」レスリーはエドに言った。「もう一日休んだほうがいいと思うの。かまわないかしら?」

「いいとも」エドは部屋の向こうへ目をやった。「かまわないだろう、マット?」

マットはそっけなくうなずいた。彼はレスリーにもう一度目を向けてから部屋を出ていった。

レスリーはほっとし、一瞬両脚から力が抜けた。何があったか思い出したが、エドに話すつもりはなかった。仲のよいいとこたちのあいだに溝を作りたくない。この世に身寄りといえば、自分を憎んでいる母しかいないレスリーには、血のつながりはとても尊いものに思えたのだ。

レスリーはエドに下宿まで送ってもらった。マットのオフィスで起こったことは考えないようにした。これからはマットを見るたびに、十七歳の時の恐ろしい記憶が蘇るだろう。ほかに行くところがあるなら、ここを出ていきたかった。けれど、いまはどうすることもできない。忌まわしい過去について決して話したくないあの男の恩にすがっているしかなかった。

マットを問いただそう。エドはそう心に決めて会社に戻った。彼にはぴんときた。レスリーが失神したのは、いとこが何か言ったか、あるいは何かしたせいだ。手遅れにならないうちに、マットがレスリーにいまのような態度をとるのをやめさせなくてはいけない。

エドは言うべきことを頭の中で何度も繰り返し、いよいよ腹を据えてマットのオフィスに入ったが、とたんに気が抜けた。部屋は空だったのだ。

「社長は土地のことでどなたかに会いに、ビクトリアまで行くとおっしゃっていました」秘書の一人がエドに告げた。「とても急いでお出かけになりましたよ。ジャガーの新車に乗って。あの車はあなたが代理店にとりに行かれたそうですね」

「うん、僕が代理店までとりに行ったんだ」エドは心とは裏腹に、ほがらかに言った。「あれはまさに風に乗っているような走り心地だよ」

「そうなんでしょうね」秘書はそっけなく言った。

「角を曲がる時、社長はまさしく飛んでいましたもの。あんなに飛ばさないでいただきたいものです。乗ったばかりでつぶしてしまったら惜しいですもの」

「たしかに惜しい」

エドは自分のオフィスに戻った。マットがどうしてそんなに急いで出かけたのかと訝《いぶか》ったが、ただちに彼と対決せずにすんでほっとしていた。

7

マットはビクトリアに向かって、時速百六十キロでハイウェイを飛ばしていた。レスリーの顔が脳裏を離れない。彼女の灰色の目に浮かんでいたのは怒りでも、怯《おび》えでもなかった。あれはそんなものをはるかに超えた感情だった。彼女は恐怖に凍りついていた。マットへの恐怖ではなかった。彼にはわからない何かへの恐怖だった。責め苛《さいな》まれているような目がマットの傷つきやすい部分をえぐった。自分にそんな無防備なところがあるとは知らなかった。彼女が気を失った時、マットは自己嫌悪に襲われた。彼は自分を残酷な人間だと思ったことはなかったが、レスリーに対しては残酷な人間だった。彼女の何が敵愾心《てきがいしん》をかき立てるのかさっぱりわからない。彼女は独立心に燃え、意志が強い。とはいえ、か弱い若い娘だ。いまにも壊れそうで、無防備で、傷つきやすい。

マットは髪をかきあげてくれたレスリーのやわらかな指の感触を思い出し、思わず大きくうめいた。自分自身に胸がむかついた。僕はレスリーに嫌がらせばかりしてきたが、彼女は僕のとげとげしい言葉の裏にある苦渋をちゃんと見抜いていたということだ。僕は不作法きわまりなかったのに、彼女は僕を哀れんでやさしく触れてくれた。その純真なやさしさに対して、僕は札つきの娼婦《しょうふ》にもしないような仕打ちをした。

彼は自分が制限速度すれすれのスピードで飛ばしている原因は二つあることに気づき、アクセルから足を離した。どこに行こうとしているのかさえわからない。これは逃避だ。彼はレスリーが失神したことに度を失っている自分を冷ややかに笑った。これまで彼は弱い生き物や運に見離された人々に親切だった。それも脚の悪い若い女性をいじめることで相殺だ。つぎには、足を引きずった犬を階段から蹴落《けお》とすかもしれない。

マットは車をハイウェイの端に寄せ、待避スペースに入って停車した。ハンドルに額を押しつける。レスリー・マリに出会ってからの自分が理解できなかった。彼女は彼の内部の醜い部分をひっぱり出す。マットは彼女に対する仕打ちを恥じていた。レスリーは心やさしく、人の温情に触れるとびっくりしたような顔をする。その一方、マットのいじめや冷たさには動じる様子もない。これまでずっとそんな目にあってきたからだろうか？　世間が常に彼女にひどく冷淡だったから、冷たさを受け入れるのが自分の運命だと思っているのだろうか？

彼は後ろにもたれ、平らな地平線にじっと目をやった。かつて母に捨てられ、近くはあらぬ汚名を着せられたことで、彼は女性全般に不信感を抱いていた。母のことは古傷だが、暴行罪で訴えられた苦い記憶は、あの性悪女に報いを返したとはいえ、まだなまなましい。彼女ははにかみ屋だった。やさしかった。よく覚えている。無邪気で、いかにも頼りなかった。みんな化けの皮だった。それがはがれて、気づくとマットは恥さらしな暴漢にされていた。身の潔白は証明されたが、怒りと恨みはまだ胸の底にくすぶっていた。

だからといって、最近の自分の行為の弁明にはならない。レスリーに対してはやりすぎだった。すまないと思った。なんの罪もない彼女に当たって嫌な思いをさせたことを恥ずかしく思った。マットは大きく息をつき、車のギアを入れた。逃げ出すことはできない。だったら仕事に戻ろう。エドがかんかんになっているだろう。当たり前だ。僕はとっちめられて当然だ。

エドにひどい態度を指摘されると、マットは認めた。彼はレスリーに対してフェアでなかったことを否定できなかった。彼女の何が自分の中の悪魔を呼び覚ますのか知りたかった。

「もしそんなに彼女が嫌いなら、無視していればすむことだろう？」エドは言った。

「たしかに」マットはいとこの非難の目を避けながら言った。

「じゃあ、そうしてくれ。彼女はここで働くしかないんだ、マット」

マットは鋭い視線を向けた。「どうしてだ？　どうしてほかではだめなんだ？」

「それは言えない。彼女との約束だ」

「法に触れるようなことをしたのか？」

エドは笑った。「レスリーが？」

「なら、いい」マットはドアに向かった。彼は立ちどまり、ノブに手をかけながら振り返った。「気を失う時、彼女は何か言ったんだ」

「何を？」エドは目を光らせた。

「〝やめて、マイク〟と」マットはまばたきをせずにじっといとこを見た。「マイクって誰だ？」

「死んだ男だ」エドは答えた。「何年も前に死んだ男だ」

「彼女と母親が奪い合ったという男か？」

「そうだ」エドは言った。「もし、君が彼の名前をレスリーの前で口にしたら、僕は彼女と一緒にそのドアから出ていく。そして戻ってこない。永久に」

エドは本気で言っている。マットにはわかった。彼は額にしわを寄せた。「彼女はその男を愛していたんだな？」

「彼女はそう思っていた」エドの目が冷たくなった。「だが、彼はレスリーの人生を打ち砕いた」

「どういうことだ？」

エドは答えなかった。彼はデスクの上で手を組み合わせ、マットをじっと見た。

マットは苛立《いらだ》たしく吐息した。「そういう秘密が物事をややこしくするだけだとは思わないのか？」

「そうかもしれない。だが、君が答えを知りたいならレスリーにたずねるしかないな。僕は約束を破らない」

マットは腹立ちまぎれの言葉をつぶやきながらドアを出た。エドは心配そうにいとこの後ろ姿を見送った。エドは自分が正しいことをしたと思いたかった。彼はレスリーを守ろうとしたのだが、もしかすると、事態をいっそう悪くしてしまったのかもしれない。マットはわけがわからないことが嫌いだ。マットがレスリーを問いつめ、彼女が忘れたがっていることを無理やり聞き出そうとしなければいいが。マットが古いスキャンダルに過敏に反応しがちなことも心配だった。レスリーにどんな評判がくっついているか知ったら、彼女の母が殺人罪で服役中だということがわかったら、マットはどう思うだろう。

エドは心配でいたたまれなくなり、その日の夕方、レスリーの様子を確かめに下宿に寄った時、その話をした。

「彼には知られたくないわ」レスリーは言った。「絶対に知られたくない」

「マットが自分で探り出したらどうする？　彼は君以外のみんなの意見をきくだろう。あの記事がのっているタブロイド新聞を全部読むだろう。そうしたとしても、彼は事の真実を知ることはないんだ」

「彼がどう思おうとかまわないわ」レスリーは嘘《うそ》をついた。「もう、どうでもよくなったの」

「どうして？」

「仕事に戻るつもりがないからよ」レスリーは穏や

かに言い、驚いて見つめるエドから目をそらした。

「ジェイコブズビルの縫製工場で事務員を募集していたの。今日の午後面接を受けて、採用してもらえることになったの」

「どうやってそこへ行ったんだ？」

「ジェイコブズビルにもタクシーがあるわ。それに私だって無一文じゃないわ、エド」レスリーは誇らしげに頭を起こした。「手術の費用はきちんとお返しします。あなたのいとこに、どんなに時間がかかっても。でも、彼からあんな仕打ちを受けるのは、あと一日でも嫌。彼は女性を憎んでいるのかしら。だとしたらお気の毒だけれど、その犠牲になるのはごめんだわ。私はいまでももう充分に惨めさを抱えているんですもの」

「よくわかるよ」エドは言った。「でも、もう一度考え直してくれないかな。僕は彼とじっくり話したから……」

「彼に言わなかったでしょうね？」レスリーは怯えてきいた。

「いや、言っていない。だが、君の口から言ったほうがいいと思う」

「彼には関係のないことよ」レスリーはてこでも動かない口調で言った。「彼に説明しなくてはならない義務はないわ」

「義務とかそういうことじゃない。ただ、マットは悪いやつじゃない」エドは顔をしかめ、どう説明しようかと考えた。「マットがなぜ君に苛立つのか、わかったふうなことを言うつもりはないが、ただ、これはたしかだ。マットは君に不当な仕打ちをしていることをよくわかっている」

「彼は好きなようにすればいいわ。でも、私はこれ以上打たれっぱなしになっているつもりはないの。私はもう戻らないわ、エド。私は本気よ」

エドは落胆し、がっくりと肩を落とした。「そうか。もし僕が力になれることがあればいつでも言ってくれ。君は僕の大事な友達なんだから」

レスリーは腕をのばし、膝の上のエドの手をとった。「そして、あなたは私の大事なお友達よ。あなたとあなたのお父さんの助けがなかったら、私はどうなっていたかわからないわ」

エドは微笑した。「君はちゃんと生き方を見つけた。君は何はなくても勇気がある」

レスリーはため息をつき、エドの手に重ねた自分の手に視線を落とした。「さあ、それはどうかしら。私、闘うのにもう疲れたわ」彼女は正直な気持を吐露した。「ジェイコブズビルに来れば、ふつうに、穏やかに暮らせると思っていたの。ところが、最初に出くわした人が女性に恨みを持った男性優位主義者だった。私は追いつめられてぐるぐる逃げ回っている狐《きつね》みたいな気持よ」

「マットは今日、君に何を言ったんだ?」

「いつものようにちくちくと。私が、キャロリンが電話をしてきたなんて嘘を言い、彼女に嫌な思いをさせたって」

「どっちが嘘だ!」

「彼はキャロリンを信じているわ」

「どういうことだ? 彼はまともな理性の持ち主だと思っていたけど」

「ええ、そう。でなければ億万長者にはなれなかったはずだわ」レスリーは立ちあがった。「もう帰って、エド。私はゆっくり休んで、そして晴れ晴れとした気分で新しい仕事の初日に臨みたいの」

エドは顔をしかめた。「こんなことになるとは。僕は君にとって物事が楽になるように願っていたのに」

レスリーはやさしく笑った。「もしもみんなの願いがすべてかなったら、世の中はとんでもないことになるわ。そう思いましょうよ」

それはたしかにそうだ。「だが、あの縫製工場はあまりいい職場とはいえない」エドは心配そうに言った。

「当座の働き口よ」

エドは苦い顔をした。「僕が必要になったらいつでも連絡してくれ」

「ありがとう」レスリーはほほ笑んだ。

エドは家に帰り、夕食をとった。ニュースを見ている時にノックの音がして、彼が玄関に出るより先にマットが入ってきた。不思議なことではないと、エドは思った。マットもこの家で育ったのだ。入ってくるなり居間のアームチェアにどっかり座りこんだいとこを見て、エドはにやりとした。

「ジャガーの乗り心地はどうだった？」

「さながら地面を走るジェット機だな」マットは笑い、しばらくテレビの画面に見入った。「レスリーの様子は？」

エドは顔をしかめた。「彼女は新しい仕事を見つけた」

マットはぴたりと身動きをやめた。「えっ？」

「もう僕のところで働きたくないそうだ。縫製工場の、事務員の口を見つけた。思い直すように言ったんだが、レスリーの気持は変わらない」エドはちらりとマットを見た。「君がレスリーをくびにしようとしても僕が絶対に同意しない。レスリーにそう話すと、彼女は言った。きっと君が、彼女が辞めたくなるように仕向けるって」エドは肩をすくめた。「君はまさにそうしたらしい。レスリーと知り合って六年になるが、彼女が気を失うなんてあとにも先にもはじめてだ」

マットの視線はテレビの画面の方に動き、しばらくそこにとどまった。服の製造をしているあの会社は、雀《すずめ》の涙ほどの賃金しか出さない。部屋代と食費を払ったら、痛みをやわらげる薬を買う金が残るだろうか。生まれてこのかた、いまほど自分を恥じたことはなかった。彼女があの工場の仕事を好きになるはずがない。そこの経営者を知っているが、しみったれの、名士にとり入って社交界入りを狙《ねら》っている野心家で、休日も病欠も有給休暇も認めたがらない。あの男はレスリーを薄給で死ぬほどこき使い、それでも働きが足りないと難癖をつけるに決まっている。

マットは唇を引き結んだ。僕はレスリーを地獄に追いやった。なぜか気に障るというだけで、理不尽に彼女に辛《つら》く当たった。

マットは椅子から立ちあがり、帰るとも言わずに出ていった。エドはまたテレビのニュースを眺めたが、まったく気が乗らなかった。マットはしたいようにしたはずだが、それで気が晴れたようには見えなかった。

長い悪夢に苛まれた夜が過ぎた。レスリーは早く起き、タクシーで縫製工場に出向いた。松葉杖《まつばづえ》をついて人事課にたどり着くと、人事部長のジュディ・ブレイクリーが笑顔で迎えた。

「ようこそ、ミス・マリ！」

「よろしくお願いします」レスリーは言った。「新しい仕事が楽しみです」

ミセス・ブレイクリーは顔を曇らせて黙りこみ、デスクの上で両手を固く組み合わせた。

「あの、これをどうお話ししたらいいものか――」

彼女はいかにも辛そうに言った。「じつは、ミス・マリ、辞めた人が――あなたにその後を埋めてほしかったんですが――少し前にまたここに来たんです。そして、どうしても仕事をつづけさせてほしいと泣きつかれて。彼女は深刻な家庭問題を抱えていて、ここの給料なしではやっていけないと言うんです。

本当に申し訳ありません。ほかにどこかに空きがあれば、あなたに来てほしいんですが……いまはまったくないんです」

ミセス・ブレイクリーは申し訳なさに身の置き所がない様子だった。

レスリーはやさしくほほ笑んだ。「ご心配なく。仕事はどこかで見つかるでしょう。この世の終わりってわけじゃありません」

「私だったらかんかんになるわ」ミセス・ブレイクリーは目のまわりにしわを寄せた。「なのに、あなたはとても気持よく……。私は自分がとてもひどい人間に思えるわ」

「そういう事情でしたら、あなたはそうするしかなかったんです」レスリーは腰重く立ちあがった。けれど、まだ微笑している。「タクシーを呼んでいただけますか？」

「もちろんですとも！　そしてタクシー代はこちらで持ちます」ミセス・ブレイクリーはきっぱりと言った。「本当に、心から申し訳なく思っているんですよ」

「気になさらないで。逆に、急に運が向いてくることだってあるでしょう」

ミセス・ブレイクリーはしげしげとレスリーを眺めた。「あなたはとても前向きなのね。うらやましいわ。私はいつも否定的な面を見てしまうから」

「私、いつも思うんです。どうせなら楽天的でいようって」レスリーは言った。「楽天的になるのに費用は全然いらないわ」

「本当にそうね」

ミセス・ブレイクリーは笑った。彼女はタクシー会社に電話をかけ、出ていくレスリーに重ねて詫《わ》びを言った。

レスリーは惨めな気分だったが、ミセス・ブレイクリーをこれ以上辛い気持にさせたくなかった。

レスリーは睡眠不足で疲れていた。早くタクシーが到着してほしい。彼女は会社の入り口の前のベンチに腰をおろした。休憩時間に従業員たちはここで休むわけだ。固くて座り心地はよくなかったが、立っているよりはましだろう。

さあ、これからどうしよう。どこにも行く当てはなかった。別の就職口を探すか、あるいはエドのところに戻るかだが、あとのほうは選択肢にも入らなかった。マット・コールドウェルの顔を見るたびに、嫌でも彼の仕打ちを思い出してしまう。

一台の車が、フロントガラスに太陽をまぶしく光らせながら近づいてきた。マットの新しいジャガーだ。車が止まり、マットがおりてきた。レスリーはバッグをつかんで立ちあがった。身構えるように体を硬くする。

マットは腕をのばせば届くくらいの距離まで来て足を止めた。彼もレスリー同様にげっそりとやつれた顔をしている。目のまわりに深いしわができていた。くせのある黒っぽい髪は乱れている。彼は両手を腰に当て、敵意をこめた目でレスリーを見た。

レスリーはほとんど憎しみに近い気持でその目を見返した。

「まったく……」マットは小さく悪態をつき、身をかがめてレスリーを両腕で抱えると、ジャガーの方へ歩きだした。

レスリーはバッグで彼をぶった。

「やめろ」マットは言った。「さもないと君を地面に落としそうだ。ギプスがどれくらい重いか考えてみろ。地球を半分沈下させそうな重さだ」

「おろしてちょうだい!」レスリーはかんかんになり、さらにマットをぶった。「私はあなたなんかと一緒にどこかへ行くつもりはないわ!」

マットは助手席のドアの前で立ちどまり、怒りに燃えているレスリーの目をじっと見た。「僕は隠し事は大嫌いだ」

「なんでも大声で触れ回るキャロリンがついているんですもの、あなたに隠し事なんて一つもないのは当たり前ね！」

マットはレスリーの唇に視線を落とした。「僕はキャロリンに、君が手軽な女だなんて言った覚えはない」

彼の声はとてもやさしかった。レスリーは泣きたくなった。泣くまいとこらえると唇が震えた。

マットはかすれた声を出し、涙に潤んだレスリーの目に唇を寄せ、やさしいキスで彼女のまぶたを閉じた。

レスリーは嗚咽《おえつ》をもらした。

マットは大きなため息をつき、助手席のドアを開け、レスリーを車体の低い車のシートに座らせた。

「君についてあることに気づいた」彼はシートベルトを締めてやりながら言った。

「気づいたって……何を？」レスリーは小さくすすりあげた。

マットはスーツのズボンのポケットからハンカチをとり出し、レスリーに渡した。「君はやさしさに対して非常に奇妙な反応を示す」

彼は驚いているレスリーの顔の前でドアを閉め、松葉杖をとって運転席に座った。シートベルトを締め、レスリーの方にちらりと目を走らせてから、力強いエンジンをスタートさせる。

「私がここにいることがどうしてわかったの？」涙が止まってからレスリーはきいた。

「エドが教えてくれた」

「どうして？」

マットは肩をすくめた。「さあね。僕が関心を持つと思ったのかもしれない」

「心細い見込みね！」

マットは笑った。レスリーは彼が、嘲笑《あざわら》うのでもなく、皮肉っぽく笑うのでもなく、ふつうに笑うのを聞いたのはこれがはじめてだった。

「君はあの小さな工場の経営者を知らないんだろう」彼は言った。「あそこは低賃金で長時間働かせる、労働搾取工場なんだぞ」

「それのどこがおもしろいの？」

「これは冗談じゃない。あそこの経営者は、高収入や福利厚生をうたって不法入国者をおびき寄せ、つられてきた者たちを、言いなりに働かないと移民局に訴えると脅し、ごくわずかな賃金で重労働をさせている。我々はあそこを閉鎖させたいんだが、彼はずるくてなかなか尻尾《しっぽ》をつかませない」マットは黒みがかった目を細くしてレスリーを見た。「僕から逃げるためだけに、君をあんなところへ身売りさせるわけにはいかない」

「わけにはいかない？」レスリーはその言葉にひっかかり、目をきらりとさせた。「いったいどういうつもりなの？」

マットはにやっとした。「君は知らないほうがいい」

レスリーはかんかんになり、ギプスを叩《たた》いた。

「私をどこへ連れていくつもり？」

「うちへ」

「方向が違うわ」

「僕のうちへ」

「嫌よ」レスリーは氷のように冷たい声で言った。

「二度とごめんだわ！」

マットはギアを入れ替えてアクセルを踏んだ。彼はこの車のエンジンのなめらかさが、安定感のある乗り心地が非常に気に入っている。スピードが出ることもとても気に入っている。レスリーも人生に幻滅する前は、車を飛ばすのが好きだったのだろうか？

彼は彼女のこわばった顔に目をやった。「脚が治ったらこの車を運転させてあげるよ」

「いいえ、けっこうよ」レスリーは泣きそうになりながら言った。

「車が好きじゃないのか？」

彼女は顔から髪を払った。「運転できないの」

「ええっ？」

「気をつけて！」レスリーは金切り声をあげた。

「道路から飛び出すわ！」

マットは口の中で悪態をつきながらハンドルを切り、スピードを落とした。「車の運転くらい誰だってできる！」

「私はしないの」レスリーはそっけなく言った。

「なぜだ？」

レスリーは両腕を組んで胸を覆った。「したいと思ったことがないの」

また一つ謎《なぞ》が増えた。彼女は自分のことを決して人に明かそうとしない――エドは別として。そういう状況にもしだいに慣れてきた。だが、僕にも心を開いてほしい。僕を信じて、何があったのか話してほしい。不意にマットは自分の虫のよさを嘲《あざけ》って笑った。出会った時からずっと僕は彼女の敵だった。なのに、信頼してほしいだって？

「何を笑っているの？」

マットはスピードを落として牧場の私道に車を乗り入れた。

「いつか話すよ。君はおなかが空《す》いているんじゃないか？」

「私、眠いわ」

マットは顔をしかめた。「理由は想像できる」

レスリーはマットをにらんだ。彼も目のまわりに隈《くま》を作っている。「あなたも睡眠不足のようね？」

「同病相あわれむだな」

「あなたのせいよ！」

「そうだ」マットは目をぎらりとさせてレスリーを

にらみ返した。「君を見るたびに、君を即座に床に押し倒して襲いかかりたくなる！　さあ、これがありのままの気持だ」

レスリーは体をこわばらせ、目を丸くし、口をぽかんと開けてマットを見た。マットは玄関の前で車のエンジンを切り、体の向きを変え、怒っているかのようにレスリーを見た。その瞬間、じっさい彼は怒っていた。

彼は黒みがかった目を険しく細めた。動かないその視線は脅しているようだ。レスリーはその目をにらみ返した。

が、しばらくすると彼の中から怒りが消えた。マットはレスリーをじっと見た。すると、いままで気づかなかったものが見えた。彼女の髪の生え際が黒っぽかった。彼女はあまりにもやせていた。彼女の目のまわりには黒い輪があり、それが非常にくっきりとしているので、まるで黒い目の中にもう一つ目があるように見える。口元にはしわがあった。エドと一緒の時の彼女はほがらかそうだが、そうではなかった。そうふるまっているだけだったのだ。

「写真を撮ったら？」レスリーは息苦しくなった。

マットはため息をついた。「君は本当にいまにも壊れてしまいそうだ」彼は静かに言った。「君は決して負けていない。だが、追いつめられるともろさを暴露する」

「精神分析は必要ないわ。でも、その意見は傾聴しておきます」

マットは手をのばした。彼女は身を縮めたが、マットはもうそのことで苛立たなかった。彼女は僕が口説くのを嫌がっているのではなく、やさしくされるのを恐れているのだとわかったからだ。マットは彼女のこめかみにかかった髪をそっとかきあげ、黒っぽい生え際をしげしげと見た。

「君はブルネットなんだ」彼は言った。「なぜ髪を染める?」

「金髪にしたかったからよ」レスリーはそれ以上追及されないように、急いで答えた。

「君はいろいろ隠していることがあるんだな、まじめに言ってない。まじめにもいえない。レスリー」マットははじめて嫌味ではなく、まじめに言った。「君の年頃《としごろ》にしては、それはあまりふつうのことじゃないな。君は若いし、脚が不自由になるまでは活発な子だったはずだ。もっと自分を解き放ったらどうだ? 人生という冒険がやっとはじまったところじゃないか」

レスリーは虚《うつ》ろな笑い声をたてた。「あなたに言われたくないわ」

マットは眉を片方持ちあげた。「最悪の敵に?」

「そのとおり」

「なぜ敵なんだ?」

レスリーは目をそむけ、フロントガラスの向こうに視線を投げた。彼女は疲れていた。疲れ果てていた。張りきった気持ではじまった日が失望に終わり、さらに惨めなことになった。

「うちに帰りたいわ」レスリーはぽつりと言った。

「だめだな。僕の問いにいくつか答えてくれるまでは……」

「あなたにそんな権限はないわ!」レスリーは声を震わせて叫んだ。「何一つ権限なんてないわ! 何一つ!」

「レスリー」

マットはレスリーのうなじをとらえて顔を自分の胸に押しつけ、もがく彼女をしっかり抱いた。髪や背中を撫《な》でながら、低い、やさしい声でなだめた。

「私がどんなひどいことをしたっていうの」レスリーはすすり泣いた。「私は人を傷つけたことも、傷つけようと思ったこともないわ。一度もない。なのにこんな目にあうなんて! 何年も逃げて隠れて、いつもびくびくして……」

マットはレスリーの言っていることが理解できなかった。彼女はわっと泣きくずれた。彼女の泣き声がマットの胸をぐさりと刺した。これほど辛い思いをしたことがなかった。

彼は涙を拭《ふ》いてやった。赤く腫《は》れた目にそっとキスをした。こめかみに、鼻に、頬に、顎に唇を這《は》わせ、そして最後にやわらかな唇にキスをした。だが、いま彼を駆り立てているのは情熱ではなく、いたわりだった。

「さあ、いい子だ」彼はささやいた。「だいじょうぶだ。もうだいじょうぶだ」

レスリーは思った。こんな野蛮人の慰めに耳を貸したら、私はよほどの愚か者だわ。はなをすすり、涙を拭き、やっとのことで心を静めた。体を起こすと彼は腕をほどき、その腕をシートにのせ、静かにレスリーを見守った。

レスリーは一つ深く息を吸い、ぐったりとシートにもたれた。

「下宿に送ってください」疲れた声で言った。

マットは一瞬だけためらった。「君が本当にそうしたいなら」

レスリーはうなずいた。マットは車を発進させ、方向転換した。

マットはレスリーに手を貸して、下宿の玄関口まで送った。が、帰るのがためらわれた。

「こんな状態の君を一人で置いておくのは問題だ」彼はきっぱりと言った。「エドに電話して来てもらおう」

「いいえ、そんな必要……」

彼は目を怒らせた。「必要だ！　君には相談する相手が必要だ。むろん、君の最悪の敵に相談しろとは言わない。エドなら君のことを全部知っている。そうなんだろう？　エドには何も隠し事はないんだろう！」

　彼は本当に心配しているように見えた。レスリーはマットの怒った顔を見つめた。あの秘密を知ったら彼はなんて言うかしら。レスリーは弱々しく微笑した。

「秘密にしておいたほうがいいこともあるんです」レスリーは口重く言った。「送ってくださってありがとう」

「レスリー」

　レスリーはしぶしぶ足を止め、マットを振り返った。

　彼はいつにもまして厳しい顔をしている。「君はレイプされたのか？」

8

　その言葉はナイフのようだった。レスリーは本当に身をえぐられたように感じた。彼女の悲しいまなざしと、マットの探るようなまなざしがぶつかった。

「正確にはそうじゃないわ」レスリーは苦々しく言った。

　控え目に言っても、それは強打だった。マットの顔から見る見る血の気が引いた。レスリーにはわかった。彼もこの前の時のことを、彼のオフィスでレスリーが失神した時のことを思い出しているのだと。

　マットはものを言うことができなかった。言おうとしても言葉が喉につまった。彼は顔を歪《ゆが》めて背中を向け、ジャガーの方へ戻っていった。レスリーは奇妙に空虚な気持で彼を見守っていた。まるでもはや傷つくところもないような感じだった。たぶん、自分が自分でないようなこの感覚はまだしばらくつづくだろう。そしていつかは、いつも絡みついている精神的な苦痛をともなわずに、目覚めたり眠ったりできる日がくるのだろう。

レスリーは無意識に後ろを向き、松葉杖《まつばづえ》をつきながらのろのろと建物の中に入った。廊下を伝って、自分の小さな部屋に行く。今後はマット・コールドウェルと顔を合わせることはあまりないだろう。そんな気がした。これでどうすれば彼を追い払えるかわかった。真実一つ、あるいは真実に近いものと引き換えにすればいいのだ。だが、彼に知られることで気が楽になった。

エドが電話をくれた。彼はレスリーの様子をきき、あすの晩に会いに行くと約束した。そして約束どおり、彼はレスリーの好きなテイクアウトの中華料理がいっぱい入った大きな袋をさげてやってきた。それを食べながら、会社のレスリーのポジションはまだあけてあるとエドは言った。

「それを聞いたらミス・スミスはおもしろくないんじゃないかしら」レスリーは軽くからかった。

「ああ、カーラね。彼女はいまマットつきになっている」

「あらそう？」レスリーは持っている箸《はし》に視線を落とした。

「マットは君に戻ってくれと言いにくいんだ。で、僕をよこしたわけさ」エドは言った。「彼は自分が君を職場にいづらくしていたことをわかっている。そして反省している。彼は君がまた僕のオフィスに戻ってきてほしいと思っている」

レスリーは目を鋭くした。「あなたは彼に何か言ったの？」

「僕はいつも彼にこう言ってる。〝君のことを知りたいなら直接君にきけ〟って」エドはフォークでやわらかい麺《めん》をすくって食べ、レスリーがいれた濃いコーヒーを一口飲んで、またつづけた。「僕は思うんだが、彼は君が非常に恐ろしい目にあったことを知ったのかもしれない」

「彼がそれをほのめかすようなことを言ったの？」

「いや」エドは目をあげてレスリーと視線を合わせた。「ゆうべ彼はビクトリア・ハイウェイ沿いのホテルで暴れて、バーを破壊したんだ」

「どうしてそんなことを？」レスリーはびっくりした。メイザー・ギルバート・コールドウェルのようなきちんとした人が物を投げつけたり壊したりするなんて。

「マットはかなり飲んでいたんだ」エドは打ち明けた。「今朝、僕が留置場に身柄を引きとりに行かなくてはならなかった。特記すべき事件だ。帰る時、署の連中は全員立ちあがってぽかんと口を開けて彼を見ていたよ。彼が警察沙汰《ざた》を起こしたのはたった一度、ある女が彼を暴行罪で訴えた時だけだが、彼の身の潔白は証明されたしね。彼の家政婦が証言したんだ。彼女はずっとその場にいて、彼女とマットが一緒にその性悪女を追い出したってことをね。とにかく、彼はこれまで一度も飲んだくれたことなどなかった」

レスリーはマットの、あのどきりとする質問を思い出した。そして自分がどう答えたか思い出した。マットはなぜ私の過去にこだわるのだろう。わからない。正直なところ、わかりたくなかった。彼はまだすべてを知ってはいない。知ったら彼はどうするだろう。それを考えると怖かった。ジャガーの中で彼がとてもやさしくしてくれた時、じつは辛《つら》かった。男の人の愛情がほろ苦かった。それまで一度も味わったことがないものだった。むしろ憎らしいマットを思い出すほうが心が楽だった。彼は私を哀れんでいる。むろん私を愛しているわけではない。ただ私の体をほしがっているだけだ。彼の愛撫《あいぶ》にあんなふうに応《こた》えた自分にびっくりする。でも、本当のセックスまでいったらどうだろう。マイクのいやらしい行為を思い出すだけで気分が悪くなる。きっと、とても我慢できないだろう。

「くよくよしてはいけないよ」エドはそう言ってレスリーの心を現在に引き戻した。「君は過去を変えることはできない。胸を張ってまっすぐ未来に向かっていかなくちゃね。来るものに真っ向からぶつかっていく、それしか道はないんだ」

「そんなこと、どこで学んだの?」

「じつを言うと、テレビでやっていた説教をちょっと見たんだ。その牧師が言っていた。〝図太い心で豪胆に前進するのです。困難には真っ向からぶつかっていくこと。逃げ隠れしようとしてはいけない〟」

エドは口を引き結んだ。「そんなふうに言うのを聞いたのははじめてだったから、考えさせられたよ」

レスリーはしょんぼりとコーヒーをすすった。

「私はずっと逃げてきたわ。逃げなくてはならなかった。わかるでしょう? ヒューストンにいたらどんな目にあっていたか」

「ああ、わかる。逃げ出してきた君を責める気持なんて一つもない」エドは言った。「じつは君の耳に入れておかなくてはならないことがある。おもしろくない話だ」

「だったら言わないで」レスリーは無理に冗談めかした。「町の新聞社の誰かが私の正体に気づいてインタビューしたがっているのね」

「もっとたちが悪い。ヒューストンから記者が来てあちこちで聞き回っている。君を追跡しているんじゃないかと思うんだ」

レスリーは顔を手のひらに埋《うず》めた。「なんてこと。

でも、少なくとも私はもうコールドウェル社の社員じゃない。だから、私のことが暴露されてもあなたのいとこに迷惑がかかることはないわ」

「話はまだ終わっていない。そいつに何かを話す人間は誰もいないよ」エドはにやりとした。「じつを言うと、その男が昨日、秘書の目を盗んでマットのオフィスに入りこんだ。が、中にいたのはほんの二、三分で、どんな話をしたのかは誰も知らない。だが、記者は鉄砲弾でも食らったように部屋から飛び出してきたそうだ。あまりあわてていたのでブリーフケースさえ置き忘れてね。マットが大声で悪態をつきながらそいつを道路脇《わき》まで追いかけ、あと一歩で追いつくところを、記者は車をかきわけるように突っ切って逃げてしまった」

「それがいつですって？」

「昨日だ」エドは苦笑した。「マットを捕まえるには日が悪かったな。彼は土地の再区分のことで町の理事の一人と激しくやり合って、彼の秘書がトイレに隠れてしまうくらいだった。記者はそういう状況の中に飛びこんだわけだ」

「その記者がマットに……」レスリーは不安にかられた。

「いや。記者が何を言ったか僕は知らないが、とにかく彼が中にいたのはほんのわずかのあいだだ」

「でも、ブリーフケースが……」

「それは開けないまま返された。それはわかっている。僕が受付に持っていったんだから」エドは笑った。「記者はブリーフケースを届けた者に謝礼をしたって聞いたよ」

「よかった」

「マットはそれが忍耐の限度だったらしい。そのあとすぐに彼は今日は早く帰ると言いに来た」

「あなたは彼が留置場にいることをどうして知ったの？」

エドは顔をしかめた。「キャロリンが電話してきたんだ。マットはまず彼女のところに寄ってスコッチの瓶を相当あけた。で、彼女は残りを隠したんだそうだが、そのあと彼は酒場に行った」エドは頭を振った。「まったくマットらしくないことだ。彼は時々、一、二杯は飲むが、酒飲みじゃない。誰もがびっくりしている」

「そうでしょうね」マットの常軌を逸したふるまいは私と関係があるんじゃないかしら。レスリーはそう思わずにいられなかった。でも、彼がキャロリンのところへ行ったのなら、もしかして彼女と喧嘩《けんか》をして、いっそうむしゃくしゃしたのかもしれない。

「キャロリンは彼のことを怒っていた？」

「うん、まさに烈火のごとくね」エドは言った。「腹立たしいことが重なったうえに、意見の衝突があったらしいね」エドはまた頭を振った。「マットは、今日は仕事にも出てこなかった。二日酔いで頭が割れそうなんだろう」

レスリーは黙っていた。沈んだ目でコーヒーカップの中を見つめていた。私がいるところには必ずトラブルが起こる。隠れても、逃げても、結局どうにもならない。関係のない人たちを私のトラブルに巻きこむだけだ。

エドは彼女の顔を見てためらった。さらに気を重くさせるようなことを言いたくなかったが、ほかにも話しておくべきことがあった。

レスリーは彼の表情からそれを察した。「なんでも言って。脚が不自由で職もない。あと一つくらい不運が重なってもどうってことないわ」

「仕事はある」エドは請け合った。「君はいつでも戻ってきていいんだ」

「彼に悪いわ。彼はもう充分嫌な思いをしたはずですもの」

「君に仇《あだ》をした人間を気の毒がるのかい？」エドが

穏やかにたずねた。

「どうしても虫が好かないのは仕方ないわ。彼は私以外のたいていの人にはとても当たりがいい。根は親切な人なのよ。私には彼の神経を逆撫《さかな》でする何かがあるんでしょうね」

エドはそこには触れないでおいた。「ここに来た記者だが、先に刑務所に行って君のお母さんと話していた。気になったので刑務所長に電話で問い合わせてみたんだが……お母さんは心臓発作を起こしたらしい」

レスリーの心臓はどきりとした。「命に別状はないんでしょう？」

「うん」エドは安心させるように言った。「レスリー、六年のあいだに彼女はすっかり変わった。彼女は罪の報いを受け入れて刑期を務めている。所長の話では、彼女は君に会いたいともらしたそうだ。けれど、あまりにも恥じているので、君に連絡してくれと言えないでいる。君にした仕打ちを君が永遠に許してくれないだろうと思っている」

レスリーの目は涙で曇った。が、彼女は涙をこぼすまいと闘った。あの時の母は雄弁だった。言葉を浴びせかけ、ピストルを撃った。レスリーは空になったカップの底を見つめた。「母を許すことはできるわ。でも、とても会う気持にはなれない」

「お母さんもそれはわかっている」

レスリーは目をあげてエドを見た。「私の母に会いに行ったことがあるの？」

エドはためらったが、うなずいた。「お母さんはとても落ち着いていた。あの記者が過去をほじくりはじめるまではね。あいつが話を映画会社に売りこもうと事を起こした張本人なんだ」彼は腹立たしげに息を吐いた。「あの記者は若くて、野心家で、名をあげたくてうずうずしている。世間にはそういうやつらが、ほしいものを手に入れるためなら、他人をどんなに苦しめても平気なやつらがあふれている」

レスリーはただぼんやりと聞いていた。

「母は……彼女は私のことを何かきいていた？」

「ああ」

「あなたは彼女にどんな話をしたの？」

エドはカップを置いた。「本当のことを話した。言い繕っても仕方がない。お母さんはすまなく思っているることを君に知ってほしいと思っている。とくに裁判の前後に君に対してしたことを悔いている。君がお母さんに会いたくない気持をよくわかっているし、君にあんなひどいことをしたのだから、それは当然だと言っている」

辛い記憶が胸を蝕《むしば》んだ。レスリーはじっと宙を見つめた。「母は父に不満だらけだったわ」彼女は低い声で言った。「母は父が与えることができない物をほしがった。きれいな服とか宝石とか、夜に町へ遊びに行くこととか。父にできるのは飛行機で消毒剤をまくことだけだった。たいして収入にならない仕事……」レスリーは目をつむった。「私、父の飛行機が送電線に突っこんで落ちるのを見たわ。父が落ちていくのを！」開いた目に感情がたぎっていく。「みんなが駆けつける前に父がもう死んでしまったのがわかっていた。私は家に走って帰った。母は居間で音楽をかけて踊っていたわ。心配そうな顔もしていなかった。私はレコードプレーヤーを壊して、叫びながら母に体をぶつけたわ」

レスリーが喉をつまらせ、泣くまいとこらえるのを見て、エドは顔をしかめた。

「私たちは心が通い合う親子じゃなかったわ。お葬式のあとはとくに。でも、たがいにもたれ合っていた。母はウエイトレスとして仕事をすれば、よいチップが稼げたわ。でも、彼女はきちんと働けなかったの。寝過ごしてばかりいたから。私は十六歳になると、アルバイトで事務員をして家計を助けたわ。十七歳になって間もなく、マイクがレストランに来て母をデートに誘うようになったの。彼はとってもハンサムで、育ちがよくて、マナーもちゃんとしていたわ。じきに彼は私たちと一緒に暮らすようになったの。私は彼に夢中になったわ。女の子って年上の男性にのぼせあがるものでしょう。彼もよく私とふざけ合ったわ。でも、私たちは知らなかったけれど、彼はドラッグの常習者だった。母はマイクが私をからかうのが気に入らなくて、そのことで彼と喧嘩をしたことがあったの。そのつぎの日、彼は何人か友達を連れてきた。みんなドラッグでハイになっていたわ」レスリーは身を震わせた。「そのあとのことはあなたも知っているわね」

「ああ」エドはため息をつき、レスリーの青ざめた顔を見つめた。

「私は愛してほしかった。私が母に望んだのはそれだけ。でも、母は愛してくれなかった」

「君のお母さんはそのことも言っていた。一生悔むことがたくさんあると」エドは身を乗り出し、レスリーの目をのぞきこんだ。「お母さんがドラッグの常習者だったことを知っていたかい？」

「えっ？」レスリーは驚いて声をあげた。

「ドラッグ漬けだった。彼女が僕にそう言ったんだよ。ドラッグには金がかかる。君のお父さんは彼女を支えるのに疲れ、うんざりしていた。彼女を愛していたが、彼女をいつもハイにしておいてやれるほどの金を稼げなかった。彼女がせびっていたのは服やアクセサリーやパーティじゃなかった。ドラッグだったんだ」

レスリーは床に叩《たた》きつけられたような気がした。彼女は両手で顔を覆い、その手で髪を後ろに撫でつけた。「ああ、なんてこと！」

「彼女はあの時もドラッグをやっていた。マイクとその友達が君を押し倒しているところへ入ってきた時も」

「私はちっとも知らなかったわ」

「マイクが彼女にドラッグを売っていたことも、君は当然知らなかった」

レスリーは息をのんだ。

エドはうなずいた。「それも僕が会いに行った時に君のお母さんが話してくれたことだ。口重く話してくれた。いまの彼女は現実をしっかり捉《とら》えている。自分の生き方のせいで君をどんな目にあわせたかよくわかっている。彼女は君が結婚して幸福になっていてほしいと願っていた。君がデートすらしないと言うと、とても胸を痛めていたよ」

「どうしてかはわかっているでしょうに」レスリーは苦々しく言った。

「すごく投げやりな言い方に聞こえるな」

「ええ、そうなの」レスリーはぐったり椅子の背にもたれた。「私、例の記者に発見されてもかまわないわ。もうどうでもいいの。逃げるのには疲れてしまったから」

「じゃあ、立ち向かおう」エドは言い、椅子から立ちあがった。「仕事に戻るんだ、レスリー。脚を治し、髪をのばして生まれつきの色に戻すんだ。そして人生の開始だ」

「いまさらやり直せるかしら？」

「もちろんさ。難関に立ち向かえない――そう思うことが難関なんだ。でも、それは突破するしかないんだ。まっすぐに突き抜けるしかない。回り道したり、こそこそしたり、逃げるのはだめだ。辛くても真っ向から問題にぶつかっていくんだ」

レスリーは首を傾け、エドを見つめてにっこりした。「あなたはフットボールのコーチだったことがあるの？」

エドは笑った。「僕は体をぶつけ合うスポーツは嫌いなんだ」

「私も」レスリーは手の甲でさっと髪を払った。

「オーケー。やってみるわ。でも、あなたのいとこがもっと面倒なことをしかけたら……」

「マットはもう君に嫌がらせはしないだろう。僕はそう思う」

「じゃ、木曜日の朝に」

「木曜日？　明日の水曜日は……」

「木曜日よ」レスリーはきっぱり言った。「明日はすることがあるの」

レスリーはするべきことをした。美容院で髪をもとの色に戻した。コンタクトレンズを眼鏡店に持っていき、ワイヤーフレームの大きな眼鏡を調達した。服も買った。派手ではないが、キャリアウーマンらしい服を。

そして、木曜日の朝、ギプスと松葉杖はいたしかたなかったが、さっそうと出勤した。

エドのオフィスのデスクに着いて三十分ほど経《た》った時、マットが入ってきた。彼はレスリーの方をちらとも見なかった。秘書が誰なのか気づきもしないようで、エドのオフィスのドアを叩いた。そのドアは開け放してあるというのに。

「例の牛の取り引きの件でヒューストンに一飛び行ってくる」マットはエドに声をかけた。彼の口調はなんとなく前と違っている。喉の奥で響くような深くて権威を感じさせる声はそのままだが、言い方に微妙な違いがあった。「どうやら戻ってくるように彼女を説得できなかったらしいな……どうして頭を振っているんだ？」

エドはやれやれとため息をついて立ちあがり、レスリーの方を指さした。

マットは額にしわを寄せて体をくるりと回した。彼はレスリーを見ていっそう額にしわを寄せた。そばに歩み寄り、彼女の顔をのぞきこむ。

マットは記憶といま目の前にあるものを結びつけようとしていた。レスリーは変身した自分がどう見えるか気になっていたが、まだ反応は返ってこない。

マットの目はレスリーの黒っぽい髪から、フェミニンだが仕事着らしいベージュのスーツときちんとした柄物のブラウスに移り、眼鏡の上で留まった。レスリーはこれまでマットの前で眼鏡をかけたことがなかった。彼の顔には深いしわができていた。まるでこの前会った時からずっと何かに心を乱していたような顔をしている。たぶん、キャロリンとまだ仲直りができないのだろう。

「おはよう、ミス・マリ」マットは言った。彼の目は笑っていなかった。顔に何かをはりつけているように無表情だ。

奇妙だった。彼には皮肉のかけらもなかったのだ。嘲《あざけ》りも、横柄に見下す態度もなかった。彼は度が過ぎるほど礼儀正しかった。

これからはこの演技でいこうというのかしら……。

レスリーは彼にならって礼儀正しく言った。「おはようございます、ミスター・コールドウェル」

マットはしばらくじっとレスリーを眺めてからエドを振り返った。「夜には戻るつもりだ。もし戻らなかったら、君が郡の行政委員や土地計画委員会の人間と話し合ってくれ」

「それは困る」エドはうめいた。

「君はこう主張するだけでいい。〝我々は自分の土地に煉瓦《れんが》造りの二階建てのオフィスを、あなたがたがそれを気に入ろうと気に入るまいと建てるつもりだ〟と」マットは言った。「我々の言い分が通らなければ、何年かかろうと裁判で調停を求める。毎年冬になるとパイプが凍って破裂する築百年の古い家を社屋に使っているのはうんざりだ」

「僕がそう言ってもあまり脅しがききそうもない」

「鏡の前で怒る練習をしろ」

「君はそうしたわけか?」

「最初だけさ」マットはすました顔で言った。「こつをのみこむまで」

「そういえば思い出すな」エドはくすくす笑った。「親父《おやじ》でさえ、勝ち目があると思う時しか君とは言い争わなかった」

マットは両手をポケットに突っこんだ。「用があったら携帯電話にかけてくれ」

「わかった」

マットはすぐに出ていかなかった。振り返って郵便物を開けているレスリーに目をやった。エドはいとこの表情に思わず見とれた。子供の時からマットを知っているが、はじめて見る表情だった。

マットはドアを出かかったところで足を止め、再びレスリーを振り返った。そして視線を感じたレスリーが目をあげるまでじっと見つめていた。

彼はレスリーの目をゆっくりと探るように見た。

彼はちらりともほほ笑まなかった。口もきかなかった。彼女は頬を赤らめて目をそらした。彼はぎこちなく肩を上下させ、やっと出ていった。

エドはマットの姿が見えなくなってからレスリーのそばに行った。「いままでのところ順調だ」

「そうね。いてもかまわないって感じだったわね」

レスリーの手は震えていた。マットにあまりじっと見つめられたせいだ。エドに気づかれないように両手をしっかり握り合わせた。「でも、あの記者がまた来たらどうなるかしら?」

エドが口をすぼめた。「それはない。やつは昨日町を出た。非常に急いでね。警官が市の境界線のところまで付き添い、そのあと郡境まで保安官がついていった」

レスリーはあっけにとられてエドを見た。

エドは肩をすくめた。「ジェイコブズビルは小さな町で、住民の結びつきが強い。君はいまその一員になった。つまり、こういうことなんだ」彼はいとこにひけをとらない重々しい顔をしてつづけた。「我々は、よそ者が我が町の住人に余計な口出しをしたり害を及ぼそうとするのを許さない。こういう古い条例が生きているんだ——この町に宿泊する男あるいは女は、二個以上の旅行鞄《かばん》かトランクを所持していなければ違法とみなすというのがね」エドはにやりとした。「あの記者はブリーフケースしか持っていなかったらしい。あいにくだった」

「トランク一個とスーツケースを二個積んで戻ってくるかもしれないわよ」

エドは首を横に振った。「連中は別の古い法をひっぱり出したのかもしれない——レンタカーは市の境界線の内側のいかなる場所にも駐車してはならないというものだ。こんな途方もない条例を後生大事に守っているなんて、まったく珍しい町だ」

レスリーは、本当に久しぶりに、胸の奥に笑いがふつふつとわいてくるのを感じた。そしてにっこりとした。「ほんとに驚きだわ!」

「ジェイコブズビルの警察署長はコールドウェル家と縁つづきなんだ」エドは言った。「保安官も、郡行政委員会の委員の一人もそうだ。ボランティアの消防士も二人いる。保安官代理が一人と、ここで生まれてテキサス・レンジャーとしてフォートワースで働いているのもいる」彼は笑った。「地方長官はまたいとこなんだ」

レスリーは目を丸くした。「ワシントンにはコネはないの?」

「たいしたコネはないな。副大統領夫人は僕のおばだけど」

「それがたいしたコネじゃないなんて」レスリーはうなずき、ため息をついた。「私、なんだかとても安心な気持になってきたわ」

「いいことだ。君は好きなだけいつまでもここにいていいんだ。僕の気持としてはずっといてほしい」

レスリーはうれしくて胸がいっぱいになった。本当の居場所ができたような気がした。ここにいればもう安全で、やさしく見守ってくれる友達がいる。こんなことははじめてだった。涙がちくちくとまぶたを刺した。

「泣くのはなしだ」エドが言った。「君に泣かれるとどうしていいかわからなくなる」

レスリーは喉をごくりとさせ、涙ぐみながらにっこりした。「泣かないわ」約束し、肩をすくめた。「ありがとう」かすれた声で言った。

「僕に礼を言うことはない。警察に腰をあげさせたのはマットさ。古い条例の埃《ほこり》をはたいて合法的にあの記者をここから追放させたんだ」

「マットが？」

彼は私の過去を知ったんじゃないかしら。不安がレスリーの口をついて出そうになった。

エドが片手をあげてそれを制した。「マットはあの男がここに来た理由を知らない。君のことを聞き出そうとしただけで充分だった。君はうちの従業員だ。従業員に対して害を及ぼすことは許さない」

「そうね」

彼女は納得していない。だが、かまわない。エドはさっきふとマットの顔を見てぴんときたのだ。レスリーは心配する必要がない。彼女は二度と嫌な目にあうことはない。そう断言できるくらいエドはいとこをよく知っていた。それにマットが牛の取り引きのためにわざわざヒューストンに行くなんて話は、はなから信じていなかった。彼は死んでもそんなことはしない。レスリーは知らないだろうが、それは牧場監督の仕事だ。エドはマットがヒューストンに行ったのは別の理由――あの記者を雇ってレスリーの行方を追わせた人間を探し出すためだとにらんだ。

彼は問題の人物を気の毒に思った。マットは怒ると誰よりも怖い。彼は怒鳴りもわめきもしない。拳《こぶし》を振りあげることもまずない。だが彼には富と権力があり、彼はその使い方を心得ている。

自分のデスクに戻ったエドは、レスリーには心配ないと請け合ったにもかかわらず、急に気がもめてきた。マットはいまのところあの記者が嗅《か》ぎ回っている理由を知らないが、もし知ったらどうだろう？マットの耳に入るのは、レスリーの母が嫉妬《しっと》でおかしくなり、娘と自分が同棲《どうせい》していた男を銃で撃ち、現在服役中だというマスコミに出た話だけだ。彼も世間の人々と同じように、あの浅ましい事件は、マイクや彼の仲間とみだらなことをしていたレスリーが自ら招いた惨事だと考えるにちがいない。マットは決して同情しないだろう。烈火のごとく怒って、戻るなりレスリーを通りに放《ほう》り出すかもしれない。それだけではおさまらず、あの記者同様に、郡の境界線まで警官をつけて追い払うかもしれない。

そのあとずっと、エドは気分が悪くなるほど気がもめた。レスリーに言うわけにもいかなかった。取り越し苦労かもしれないのだから。が、マットが何かを探り出そうと心を決めたら、その食いつき方は新聞記者も顔負けだ。

ついに彼は、マットがヒューストンで定宿にしているホテルに電話をし、部屋につないでもらった。しかし、電話に出たのはマットではなかった。

「キャロリン？」エドは面食らった。「マットはそこにいるのかい？」

「いまはいないわ」甘ったるい声が返ってきた。「人に会う約束があるって出かけたの。たぶん彼は、私がワゴンに並んだごちそうを前にして待っていることを忘れているんだわ。彼が戻ってきた時には、お料理は氷のように冷たくなっているでしょうね」

「べつに変わったことはないだろうね？」

「あるはずないでしょう?」キャロリンが笑った。

「このところマットはちょっと変だからね」

「ええ、知ってるわ。マリって女のせいよ!」キャロリンが大きく息を吸う音が聞こえた。「彼女は厄介の種よ。でも、マットが戻ったら彼女は即刻くびでしょうね! あなた、知っていた? あの記者はマットに彼女について――」

エドは電話を切った。胸が悪くなった。マットだけでなくキャロリンも知っていたのか。キャロリンのあの言い方だと、レスリーには万に一つのチャンスもない。なんとかしなければ。だが、どうすればいいのだろう?

エドは、マットは今夜は戻らないだろうと思った。それは当たっていた。郡行政委員会の会議の時間に戻らなかったので、エドは仕方なく彼の代わりに出席し、自分の役目を果たした。マットの指示どおりにし、言い分を通した。家に帰ると、彼は針のむしろに座っている気分で電話を待った。泣きながらレスリーがかけてくるか、あるいは、かんかんになってマットがかけてくるか……。

だが、電話は鳴らなかった。翌朝会社に行くと、レスリーがデスクに向かって、昨日帰り際に彼が口述した手紙を静かに入力していた。

「委員会はどうだった?」エドの顔を見るなり彼女はきいた。

「うまくいったよ」エドは言った。「マットは僕を誇らしく思うだろう。ところで……その……彼はまだかい?」

「ええ。まだ電話もないわ」レスリーは眉をひそめた。「まさか、飛行機がどうかしたなんてことはないでしょうね?」

彼女の声は心配そうだった。そう思って見ると、顔に不安が浮かんでいる。エドは顔をしかめた。

「マットは長い飛行経験を積んでいる」

「ええ。でも、ゆうべひどい嵐《あらし》があったわ」レスリーは心配などしたくなかった。けれど、せずにはいられなかった。マットには辛い目にあわされたが、一度か二度はやさしかった。彼は悪い人ではない。ただ、私が嫌いなのだ。

「もし何かあったのなら、すでに僕の耳に入っているはずだ」エドは口をすぼめて言葉を探した。「彼は一人じゃないんだ」

レスリーは心臓が止まりそうになった。「キャロリンと一緒なの？」

エドは短くうなずき、片手を髪に突っこんだ。「レスリー、彼は知っている。彼らは二人とも知っている」

レスリーは生命力がなえていくように感じた。マットは私の話を聞いてくれるだろうか？　それは無理だろう。彼は私を毛嫌いしている。私は被害者だが、彼は一秒たりともそうは思わないだろう。でも、だからといって彼を責めることはできない。

レスリーはパソコンの電源を切り、椅子を後ろに引いてバッグをとった。こんなに打ちのめされたことはなかった。悪いことに悪いことがくっついてくる。そう思いながらぎこちない動きで立ちあがった。

「エド、そこの松葉杖をとってもらえる？」

「レスリー」彼はうめいた。

レスリーは手を差し出した。エドは仕方なく松葉杖をとって渡した。

「どこに行くんだ？」

彼女は肩をすくめた。「心配しないで。なんとかなるわ」

「僕が力になる」

「あなたは身内と敵対してはいけないわ」レスリーはあきらめの混じった顔で、悲しげにエドを見あげた。「私はよそ者なの。いずれにせよ、私はもう充分厄介の種をまいたわ。さようなら。いろいろとありがとう」

エドは力なくため息をついた。「とにかく、連絡はくれるね?」

彼女は微笑した。「ええ、きっと。それじゃ」

エドは去っていくレスリーを胸が引き裂かれるような思いで見守った。彼女がここにいられるようにしてやりたかった。だが、彼女の身になればそれは願いさげだろう。マットが戻ったらどんなすさまじい事態になることか。少なくともレスリーはそんな対決をしなくてすむわけだ。

9

荷造りするといってもほとんど何もなかった。わずかな服と、身の回りの品と、いつもそばに置いている父の写真くらいなものだった。レスリーはサンアントニオ行きのバスの切符を買った。そこならヒューストンのうるさい記者たちも探しに来ないだろう。別の土地で仕事を見つけて暮らす。それもそんなに悪くない。

レスリーはマットのことを考えた。彼がどう思ったか見当はつく。彼はあの出来事の全貌《ぜんぼう》を知ったのだ。少なくともあれについてマスコミが書いたことを。マットとキャロリンは私のことをさぞかしいろいろ噂《うわさ》してくれたことだろう。キャロリンは町中に言い触らすに決まっている。レスリーには町を出るという選択肢しかなかった。

またしても逃げる。

彼女は小さな紙ナプキンを手にとった。エドが連れていってくれたあのパーティ——マットとキャロリンも一緒だった、あのパーティの時のものだ。バッグにしのばせて持って帰ってきたのだった。マットのいたずら書きがしてある。レスリーをダンスフロアにひっぱり出す前に、マットがボールペンで書いたものだ。こんな物をとっておくなんてばかみたいに感傷的だ。マットがやさしくしてくれたのはほんの一度か二度なのに。でも、それを忘れたくなかった。愛というのはもしかしたらこんなものかしら。そう思わせてくれる思い出があるのはうれしい。結局のところ、嫌なことばかりではなかったということだわ。

レスリーはコートをたたんで椅子にかけ、忘れ物がないかどうか、もう一度室内を見回した。あしたの朝は見直す時間がないだろう。バスは午前六時に出る。遅れたら待っていてはくれない。ギプスの足を引きずりながら部屋の中を歩き回り、努めて心を明るく持とうとした。サンアントニオに行けば、少なくとも誰も私のことを知らないし、哀れみの微笑を向けられることはないのだ。

マットがずかずかとオフィスに入ってきた。彼はレスリーのデスクのところで足を止め、そこに突っ立ち、自分の目が信じられないかのように、空っぽの椅子を見つめた。

エドはため息をついて立ちあがった。ここは試練に立ち向かうしか方法がない。彼は自分のオフィスを出て、いとこのそばに行った。マットは明らかに動揺している。

「もういいじゃないか」エドは言った。「彼女は行ってしまった。いろいろと面倒を起こしてすまなかったと――」

「行ってしまった？」

マットはぎくりとしたようだった。顔は青ざめ、石のようにこわばっている。

エドは顔をしかめた。「そうすれば君がくびにする手間がはぶける。彼女はそう言って出ていったんだ」

マットはまだのみこめなかった。彼は片手を頭にやって髪のウェーブをくしゃくしゃにし、もう一方の手をポケットに突っこんでレスリーのデスクを見つめていた。まるで、食い入るように見つめていれば、空気の中から彼女があらわれ出てくるとでも思っているようだった。

マットはエドの方を向いた。まるでエドが誰だかわからないかのようにじろじろと見た。

「行った？　どこへ？」

「僕にも言わなかった」

マットの目が暗くなった。彼はまたレスリーのデスクを見て顔を歪《ゆが》めた。彼は荒々しい身ぶりをし、唇をぎゅっと引き結んだ。大きく息を吸い、険悪な形相で矢継ぎ早に悪態を並べる。さすがにエドもあっけにとられて口をあんぐり開けた。

「それにだ。彼女に辞めていいなんてひとことも言ってない！」マットは悪態の最後をそう締めくくった。

エドは怒りでぎらぎらしているいとこの目をどうにか見返した。それはたやすいことではなかった。彼より勇敢な男でも、この男が怒りを爆発させた日には逃げたくなる。

「なあ、マット……」

「何が〝なあ、マット〟だ！　くそっ！」

マットは雷のような声をあげ、両脇《わき》で拳《こぶし》をぎりぎりと握りしめた。いまにも何かを、あるいは誰かを叩《たた》きつぶしそうだった。エドは思わず二歩あとずさった。

マットは秘書が二人、凍りついたように廊下に立ちすくんでいるのを見た。何事が起こったのかと駆けつけたものの、いまはその元凶に見つからないように祈っているようだ。が、それは虚《むな》しい願いだった。

「さっさと仕事に戻れ!」マットは怒鳴った。

二人の秘書は弾《はじ》かれたように走り去っていった。エドもそうしたかった。

「マット」エドはもう一度言った。

しかし、その時には相手はいなくなっていた。マットは廊下をぐんぐん進み、エドが捕まえる前に玄関から出ていった。エドは自分にできる唯一のことをした。急いで自分のオフィスにとって返し、レスリーに電話で警告しようとした。ひどく焦っていたので、数回番号を間違えた。

「マットがそっちへ向かっている。逃げろ!」レスリーが電話に出るなりエドは言った。

「もういいの」

「レスリー、君はわかっていない。あんなマットを見るのははじめてだ。彼はふつうじゃない」

「平気よ、エド」彼女は落ち着いていた。「彼が私にこれ以上何ができるというの」

「レスリー!」エドはうめいた。

外でけたたましいエンジンの音がしたので、レスリーは耳をそちらへ向けた。

「心配しないで」レスリーはエドが声を振りしぼるのを聞きながら電話を切った。

レスリーは立ちあがり、松葉杖《まつばづえ》をついて戸口へ行き、マットがノックする前にドアを開けた。彼はノックしようとした手をあげたまま、固まったようにそこに立っていた。顔は蒼白《そうはく》で、目がぎらぎら光っている。

　レスリーは脇にのいて彼を中に通した。いまさらあとずさりしても仕方ない。身を守ろうという気持も働かなかった。

　マットは非常に静かにドアを閉めてから、レスリーの方に顔を向けた。レスリーは肘掛け椅子のところに戻って腰をおろし、脇に松葉杖を置いた。そしてまっすぐに顔をあげてマットを見た。どんなに罵《ののし》られてもかまわない。もう荷造りはした。私はじきにマットの手の届かないところに行くのだから、彼はなんとでも気がすむまで言えばいいのだ。

　ここに来たものの、マットはどうしていいかわからなかった。とにかく彼女を見つけようと思い、そこから先は考えていなかった。彼はドアに寄りかかり、胸の前で腕を組んだ。

　レスリーはひるまなかった。目もそらさず、まっすぐにマットを見据えている。

「あなたはわざわざ来ることなかったわ」レスリーは静かに言った。「追い出しに来なくてもよかったのに。私、もう切符を買ったわ。明日の朝一番のバスで発《た》ちます。私がオフィスから何かくすねてきたと思っているなら、どうぞいくらでも調べて」

　マットは黙っていた。彼の胸は規則正しく、けれど少し苦しげに上下していた。

　レスリーはギプスの膝小僧のところをこすった。かゆいのだけれど、かくことができない。何をするかわからない男を前にして、ずいぶんのんきなことを考えているのね。彼女は内心つぶやいた。

　一分経《た》ち、二分経ち、レスリーはじりじりしてきた。椅子の中で腰を動かす。ギプスがずれて痛みが走り、顔をしかめた。

「あなたが来たのはなんのため？」レスリーはしだいに苛立《いらだ》ち、眼鏡の奥からマットをにらんだ。「ほかに何が望みなの？　謝罪？」

「謝罪だって？　何を言うんだ！」

マットはようやくその場から動き、ゆっくりと部屋を横切って窓際の椅子のところに行った。そこに腰をおろして長い脚を組んだ。彼はまだ怖い顔をしている。彼女を見つめ、何かを待っていた。

彼の目は品定めするようだったが、軽蔑《けいべつ》の色はなかった。冷笑的でもなかった。暗く、重苦しく、心の乱れをにじませている。

レスリーの目は沈んで輝きがなかった。彼女は顔をそむけた。椅子の腕を手が痛いほどきつく握りしめていた。

「知っているんでしょう?」

「ああ」

レスリーは身が縮まるような気がした。窓の外を横切って飛ぶ小鳥を見て、自分も嫌なことから飛んで逃げていきたいと思った。

「ある意味ではほっとしたわ。もう疲れたわ……逃げるのに」

マットは顔をこわばらせた。唇を固く引き結んでレスリーを見つめる。

「君は二度と逃げる必要はない」マットはきっぱりと言った。「ああいう記者どもが君につきまとうことは二度とないはずだ」

レスリーは自分の耳を疑った。彼の目を見るのがとても怖かったが、マットの方に顔を向けた。彼は青ざめ、やつれて見えた。

「なぜ嘲笑《あざわら》わないの? やっぱりだ、思っていたとおりだって。そうなんでしょう? 私はあばずれで、男を誘惑してもてあそび――」

「やめろ!」

マットはたじろいだ。何か言いたかったが、言葉が見つからない。たまらない気持だった。すまないと思っていた。拷問にかけられているように良心が苦悶《くもん》していた。彼女の顔には長い年月の苦しみと自嘲《じちょう》が刻まれている。マットは何かを殴りつけたくなった。

彼の目の中の感情を読むのはたやすかった。そこにあるのは激しい嫌悪だ。レスリーは頭を椅子の背にもたせかけ、目をつむった。

「私がなぜあんなことをしたのか、人々の意見はいろいろだわ」レスリーは静かに言った。「ある大きなタブロイド新聞は二人の精神科の医者にインタビューし、その一人は、私が母に対して子供時代の報復をしたのだと言ったわ。もう一人は、それは潜伏性の色情症で……」

マットは怒りのうめきをもらした。

レスリーは自分が汚れているように感じた。マットを見ることができない。

「私は彼を愛していると思っていたわ」あんなことが起こったとは、いまなお信じられない。「彼が本当はどんな人か、私は何一つわかっていなかったの。彼は——彼が連れてきた友達も、私の体をおもちゃにして笑ったわ。生け贄《いにえ》みたいに私を床にはりつけにして……」

レスリーの声は震えて消えた。

マットは椅子の腕に置いた手を固く握りしめた。

もしその時マットの顔の表情に目を留めたなら、レスリーは話を続けなかっただろう。けれどレスリーの目は虚《うつ》ろに窓の外に向けられていた。

「彼らはマイクが最初だと言って……あとの三人はカードを引いて順番を決めたわ。私は死んでしまいたかった。でも、死ねなかった。お願い、やめてと懇願したけれど、マイクは嘲笑うだけだった。抵抗すると、彼の仲間が私の手足を押さえつけて……」

マットが首でも絞められたかのような声をもらした。

レスリーははっとしてマットを見た。それほどの恐怖を浮かべている男性の目を見たことがなかった。

「マイクが私の上にのしかかり、もう少しで——」

レスリーは喉をごくりとひきつらせた。「その時、母が帰ってきたの。彼女は怒りでおかしくなって、マイクが玄関のドアのそばの引き出しに入れていたピストルをつかんで彼を撃ったの。弾は彼の背中を貫通して私の脚に……」

声がかすれた。思い出すのも恐ろしかった。

「私は撃たれた瞬間のマイクの顔を見たわ。彼が死んでいくのを見ていた」レスリーは目をつむった。「母はまだ撃ちつづけていたわ――男の一人が母の手からピストルをもぎとるまで。彼らは命からがら逃げ去ったわ。近所の人が救急車と警察を呼んで、誰かが寝室から毛布をとってきて私を包んでくれた。みんな……とてもやさしかった」涙があふれ、レスリーは喉をつまらせた。「とてもやさしかったわ！」

マットは両手で顔を覆った。聞いているのが耐えがたかった。オフィスでレスリーを嘲《あざけ》って笑った時の彼女の顔を思い出し、大きくうめいた。

「どのタブロイド新聞も私が好きでそんなことを招いたかのように書き立てたわ。でも、十七歳のバージンの女の子が大人の男四人にドラッグを与え、自分をそんな屈辱的な目にあわせるなんて、どうしてそんなことができると思うの？　私はマイクを愛していると思っていたけれど、でも、そんなひどい目にあわせてほしいなんて夢にも思わなかったわ。彼をそそのかしたことなんて一度もなかったわ」

マットはとても彼女を見ることができなかった。

「ドラッグで興奮状態になっている時には、自分が何をしているのかわからなくなる」

「信じられないわ」

「酒を飲みすぎた時も同じだ。何をしているかわけがわからなくなる」

マットはようやく顔をあげ、暗く沈んだ目でレスリーを見つめた。

「隠し事をしているといいことはない。そう言わなかったか?」

レスリーはまた窓の外に視線を投げた。

「私のはあまりにもおぞましくてとても人に話せなかったわ」レスリーは辛《つら》そうに言った。「私は男性アレルギーなの。エドはわけを知っているから、そういうふうには決して近寄らないの。でも、あなたは雄牛みたいに突進してきたわ。あなたは私を死にそうなほど怯《おび》えさせたのよ。少しでも乱暴にされると、マイクの仕打ちが蘇《よみがえ》って……」

マットは身をかがめ、頭を垂れた。ヒューストンでその話を調べてすでに知っていたのだが、それでもなお、自分の目の前にいる無防備でか弱い娘がそんな目にあったという衝撃に、いまあらためて打ちのめされた。僕はプライドの痛みに任せて彼女を蹂躙《じゅうりん》した。彼女を過去の恐ろしい記憶の中に投げこむような浅ましいまねをした。

「知ってさえいたら」

マットは苦渋をこめて言った。

「あなたをとがめる気持はないわ。あなたは知る由もなかったんですもの」

「いや、そうは言えない。僕には目がついている。君が、せっかくのスタイルを損なうような服装をしていたり、僕があまり近づくとひるんだり……君が失神したこともそうだ。僕はそういうことを見ようとしなかった。僕は考えたくなかったんだ。僕は君に報復していた」

マットは苦い声で笑った。

「君がまるで僕になびかないのがおもしろくなかった」

レスリーは自分がマット・コールドウェルを気の毒に思うことがあろうとは想像したこともなかった。けれど、いま、彼を気の毒に思った。彼はきちんとした人だ。わけを知ったいま、私にした仕打ちと向き合うのはとても辛いことだろう。

レスリーは両方の手のひらを腕にすべらせた。室内が寒いわけではなかったが、なぜかぞくりとした。

しばらくしてマットが言った。「君はその話を一度も人に打ち明けたことがなかったんだろうね」

「エドにだけは打ち明けたわ。彼は世界中探しても二人といないほどいい友達よ。あの事件をテレビ映画にしたがっている人たちがいると知って、私はパニック状態に陥ったの。彼らはヒューストン中を嗅《か》ぎ回って、やっきになって私を探し出そうとしていたわ。とても怖かった。エドがこっちへ来ないかと言ってくれて、それで私は来たの。ここなら安全だろうと思ったから」

「安全か……」マットは両手の拳を握りしめ、皮肉をこめて言った。

彼は立ちあがり、問いかけるようなレスリーの視線を避けて窓辺に寄った。

「あの記者が――あの人がここへ来た時にあなたに話したのね？」

マットはすぐには返事をしなかった。しばらく間を置いてから、ようやく言った。「やつは記事の切り抜きを持っていた」

どんな切り抜きか彼女は知っているだろう。マットの心は鉛のように重くなった。一枚は、血まみれになって担架で運ばれるレスリーの写真だ。床に倒れている男や、警官に両脇を支えられ半狂乱でパトカーに乗せられる金髪の母親の写真もあった。

「あなたがエドにヒューストンに行くと言った時、このことのためだとは思わなかった。本当に牛の取り引きのことで出かけるんだと思ったわ」

「あの記者は逃げたが、その前にテレビ映画を作ろうとしているハリウッドの人間の名前を幾人かあげた。先に君のお母さんを説得しに行ったらしい。彼が訪ねていったあと、お母さんは心臓の発作を起こしたらしい。だが、やつは考え直すどころか、君を追跡してここへ来て、君と話し合うつもりだった」マットはちらりとレスリーを振り返った。「君のとり分を言えば、君が喜んで協力すると思っていたようだ」

レスリーは虚ろな笑い声をたてた。

「わかるよ。君は金の亡者じゃない。それは前からわかっていた。僕が君について知っていた数少ないことの一つだ」

「私には、少なくとも一つはいいところがあったということね」

マットは表情を閉ざした。「君にはいいところがたくさんある。だが、女性に煮え湯を飲まされたことが何度かある僕は……」

「エドに聞いたわ」

「おかしいんだ」マットはそう言ったが、少しもおかしそうではなかった。「僕はおふくろがしたことを決して受け入れられなかった。君に出会うまではそうだった。君にたくさん助けられた。なのに僕は野蛮にふるまい、君をいじめた」

レスリーはマットの硬い表情を見つめた。彼はとてもハンサムだった。目が合うたびに心臓がどきんとした。

「なぜかしら？」

「君がほしかった」マットは率直に言った。

「まあ……」

マットは彼女が椅子の腕をきつく握るのを見た。

「わかるよ。君は耐えられないはずだ。僕はあんなことをしたんだから。罰が当たったというべきだろうな。僕の地位と金をもってしても、僕は自分がただ一つ本当にほしいものを手に入れられない」

「あなたとでなくても、誰とでも無理だわ。考えただけで……吐きたくなるわ」

そうだろうな。マットは心の中で、思いつくありとあらゆる言葉でその男を呪《のろ》った。

「君は僕とキスをするのを嫌がらなかった」

レスリーは驚き、うなずいた。

「ええ、そうだったわ」

「それに僕に触られるのも」

マットはレスリーの反応を思い出してほほ笑んだ。

彼女の過去を思えば、あれは驚くべきことだ。

レスリーは自分の膝を見つめた。服のボタンが一つとれそうになっている。繕っておかなくては。彼女は目をあげた。

「そうね。あれはすてきだったわ。少なくともはじまり方は……」

マットはあの時レスリーに浴びせた言葉を思い出し、顔が凍りついた。彼は後ろを向いた。背中がこわばった。この女性に対して僕はたくさんの過ちを犯した。どう償っていいかわからない。おそらく、償うすべはない。ただ、彼女がこれ以上惨めな思いをしないように守ることならできる。彼はそうするつもりだった。

マットは両手をポケットに突っこみ、振り返った。

「僕はヒューストンであの記者に会ってきた。君は二度と煩わしい思いをしなくていい。映画の話もなしだ。君のお母さんにも会いに行った」

それは予想もしていなかったことだった。レスリーは目をつむった。唇に歯を立ててぎゅっと噛《か》みしめ、つぎに起こることに身構えた。血の味がした。

「やめろ！」

レスリーははっとして目を開けた。マットは眉を深く寄せ、悲痛な顔をしていた。レスリーはそばのテーブルの上の箱からティシュをつまみ出し、血のついた唇をそっと叩いた。そして、まるで関係のないことを思った。なんてきれいな色だろう。

「こんなに難しいことだとは思っていなかった」マットは腰をおろした。頭を垂れ、大きな手を膝のあいだで握りしめ、床を見つめた。「話したいことがたくさんある。だが、言葉が見つからない」

レスリーは黙っていた。目を血のついたティシュに落としたまま。彼が何かを探し求めるようにじっと見つめているのを感じた。

「もし……最初から君の過去を知っていたら……」

レスリーは暗い穴のような目をあげた。

「あなたは単純に私を嫌ったでしょうね。それはかまわないわ。私もあなたを嫌った。でも、あなたは知らなかった。私は過去を隠してここに来たから。隠し事は、たしかにあなたの言うとおりよくなかったわね。私はどこかよそに行きます。それで決着がつくわ」

「行っちゃいけない！　ジェイコブズビルにいれば君は安全だ。マスコミはもう追ってこない」マットはひとことずつに力をこめ、確信をこめた。「映画の話もないし、嫌がらせにあうこともない。ここにいる限り、僕は誰であろうと君に指一本触れさせない。ほかの土地では、僕は君を守ってやることができない」

なんてありがたいお話！　レスリーは怒りがこみあげた。哀れみ、罪悪感、不面目。彼はこんどはいままでの対極の態度に出ようというわけだわ。怖い父親のように私に目を配るつもりなのだ。そんなことは願いさげだわ。レスリーは松葉杖の片方をとりあげ、その先を床に打ちつけた。

「私は保護してもらう必要などないわ。あなたからも、誰からも。私は決めたとおり朝のバスで発ちます。ミスター・コールドウェル、あなたはここから出ていって！　私を一人にしてちょうだい！」

それは、マットがさっきここへ来てから、レスリーがはじめて見せた怒りだった。マットはうれしくなった。彼女にはもはや、私は犠牲者だというしおれたところがなかった。声にも、表情にも、真の自立心があらわれている。過去の悲惨な出来事を人に語ったことで、すでに彼女は癒《いや》されたのだ。抑えがちだったマットの態度は一変した。暗かった表情も一変した。眉間《みけん》の霧が晴れ、黒みがかった目に光が差した。

「そうはいかなかったら？」

レスリーは戸惑った。「それはどういう意味？」

「もし僕が出ていかなかったらどうする？」マットはうれしそうにきいた。

レスリーはちょっと考えた。「エドを呼ぶわ」

マットは腕時計に目をやった。「いまだと、ちょうどカーラがコーヒーを運んでくる頃《ころ》だ。彼の休憩時間を台なしにしていいのか？」

レスリーは松葉杖を片方持ったまま、椅子の中で居心地が悪そうにもぞもぞした。

マットはここへ来てはじめて笑顔になった。

「ほかに言うことはないのか？　脅し文句はもう品切れなのかな？」

レスリーは怒りをこめてマットをにらんだ。何を言っていいか、何をしていいかわからなかった。これはまったく予想外の展開だった。

マットはブルーの柄のハウスドレスを着たレスリーをゆっくり眺めた。彼女は裸足《はだし》だった。そしてとてもかわいかった。

「そのドレスが好きだ。その髪の色も好きだ」

レスリーはマットを見た。彼は頭がどうかしたんじゃないかしら。そして、ふと思いついた。

「私を町から追い払いに来たんじゃないとすると、あなたはここへ何をしに来たの？」

マットはゆっくりうなずいた。「君がいつそうきくんだろうと思っていたよ」

彼が身を乗り出した時、外でまた車の止まる音がした。

「きっとエドだわ」

マットは顔をしかめた。やれやれ。「君を救いに駆けつけたというわけか」

レスリーはマットをにらんだ。「彼は私の身を案じてくれているのよ」

マットは立って戸口に行った。

「案じているのは彼一人じゃない」マットは独り言のようにつぶやきながら、エドがノックする前にドアを開けた。「彼女はどこも壊れていないよ」そう言っていとこを中に通した。

エドは心配そうだった。が、レスリーが涙一つこぼしていなかったので、不思議そうな顔をした。

「だいじょうぶかい？」

レスリーはうなずいた。

エドは彼女といとこの顔を見比べた。何がどうなっているのか知りたくてうずうずしたが、すぐに質問を開始するほど不躾《ぶしつけ》ではなかった。

「君は町にとどまることにしてくれたと思うが？」

マットは少し堅苦しく言った。「君はいままでどおりうちで働ける。もし君が望めばだが。無理にとは言わない。それは君が決めることだ」

レスリーは迷った。ジェイコブズビルを離れて見知らぬ町に行きたくはない。

「いてくれ」エドがやさしく言った。

レスリーは無理に微笑を作った。「そうね。もうしばらくいようかしら」

マットはほっとしたが、それを顔にはあらわさなかった。彼はエドが来たことで、もう少しで口に出しかけたことを言わずにすんでよかったと思った。

「絶対に後悔させない」エドはきっぱり言った。

レスリーはエドに向かってにっこりとした。

その笑顔がマットをじりじりさせた。彼は嫉妬《しっと》を覚えた。嫉妬している自分が無性に腹立たしい。彼は髪に手を突っこみ、二人をにらんだ。

「二人とも遊び時間が終わったら、オフィスに戻って給料分をしっかり稼いでくれ！」

マットはぶつぶつ言いながら出ていき、ジャガーのドアを叩きつけるように閉め、エンジンをうならせて去っていった。

エドとレスリーは見つめ合った。

「彼は私の母に会いに行ったそうだわ」

「それで？」

「ほとんど何も言わなかったわ。ただ……もうマスコミがうるさくつきまとうことはないって」

「キャロリンのことは？」

「彼女のことはひとことも言っていなかったわ」

レスリーはキャロリンが彼と一緒にヒューストンに行ったと、エドが言っていたのを思い出した。

レスリーは顔をしかめた。「彼女は私のことを町中に言い触らすでしょうね」

「もし彼女がそんなことをしたらマットはただではおかないだろう。マットが君にとどまるように言ったのなら、彼は君を守るつもりだからだ」

「そうみたいね。でも、以前の彼の態度を思うと、ただびっくりしているの。正直なところ、どういうことなのかわからないわ。まるで別人みたいなんですもの！」

「マットが人に謝ったのを聞いたことがない」エドは言った。「だが、口では何も言わないが、彼はいつも、自分の気持に見合った行動をする」

「たぶん、そういうことなのね」レスリーはマットの不可解な態度を思い返しながら言った。「彼は私に町を出てほしくないのね」

エドは微笑した。

「きっとそうだ。で、君の気持は？　もし君が望むなら、君は仕事に戻れるし、マットは君を危険人物のリストから外した。それに、ここにいれば安全だ。どう？　ここにいたいだろう？」

レスリーは少し考えた。マットはジェイコブズビルにいれば私は安全だと言った。記者に追い回されることもないと言った。六年間も逃げたり隠れたりしたあとではそれは夢のような話だった。彼女はゆっくりとうなずいた。

「ええ、ええ。ここにいたいわ！」心から言った。

「じゃあ、君は靴をはいてジャケットを持つ。会社に戻ろう。僕らのくびがつながっているうちに」

「この格好では行けないわ」

「どうして？」

「職場にふさわしい服装じゃないわ」

「マットがそう言ったのかい？」

「そう言われないようにしたいの。職場では地味に徹するつもりよ。彼におかしな批判をされないようにするの」

「君がそう言うのなら」

エドは少し残念に思った。フェミニンなかわいいドレスを着ているレスリーを見るのはこれがはじめてだった。マットが彼女の女心をうまくくすぐって、いつもの抑圧的な服装をやめさせてくれないものだろうか。でも、まだそんなことを期待するのは早すぎるだろう。

10

仕事に戻って最初の数日、レスリーはマットの姿を見るたびに落ち着かなくなった。ひやひやしていたのはほかの二人の秘書も同様で、一人などは、彼と顔を合わせたくないばかりに、社屋の玄関前の花壇の柵《さく》を乗り越えてスカートを引き裂いてしまったくらいだ。

そのささやかな事件をカーラ・スミスに話して聞かせながら、レスリーはたまらずに笑いをはじけさせた。折しも入ってきたマットは思わず足を釘《くぎ》づけにされた。彼女のそんな笑い声を聞いたのははじめてだった。レスリーは彼に気づき、笑いを止めようと必死の努力をした。

「何がそんなにおかしいんだ?」マットが機嫌よくたずねた。

カーラが笑いにむせながら化粧室に駆けこんでしまったので、その質問に答えるのはレスリーしかいなくなった。

「このあいだ、あなたは秘書たちが狼狽《ろうばい》するようなことをおっしゃったんでしょう?」

「そういえば、言ってはならないことをちらっと言ったかもしれないな」

「デイジー・ジョイナーはあなたと顔を合わせるのが嫌で花壇の柵を乗り越えて……彼女のペティコートの半分がまだ……あの……柵に!」レスリーは笑い涙をこぼしながらデスクに突っ伏した。

彼女はいままでになく生き生きしていた。マットはうれしくなった。だが、それを表に出すつもりはない。

マットはレスリーをにらみつけるまねをし、シャツのポケットから葉巻ケースをとり出した。「まったく気が小さいやつらだ」つぶやきながら一本引き抜き、ズボンのポケットからシガーカッターをとり出して葉巻の口を切った。「我が社にはもっと度胸のある秘書が必要だな！」彼は声高に言ってライターをかちりと鳴らし、火をつけた。

二筋の水が、同時に別々の方向から飛んできた。

「よくもやったな！」マットは笑いながら廊下を走って逃げていく足音に向かって怒鳴った。

「度胸のある秘書がほしいとおっしゃったばかりでしょう」

レスリーの灰色の目はおかしくてたまらなそうにきらきらしていた。

マットは水をかぶったライターと葉巻を眺め、両方ともレスリーのデスクのそばのごみ箱に放《ほう》りこんだ。「やれやれ！」

「みんなあなたにたばこをやめさせたい一心からなんですよ」

マットは顔をしかめた。「そうらしいね」彼はレスリーをじっと見た。「君は順調にいっているようだね。不自由していることはないかい？」

「何も」

マットはその場にぐずぐずしていた――言いたいことがあるのに言いだす決心がつかないかのように。彼の黒みがかった目がレスリーの顔の上を行き来した。黒っぽい髪と眼鏡の顔を、見かけをごまかしていた時の金髪と比べているようだった。

「ずいぶん感じが違うでしょうね」レスリーは少し硬くなった。あまり見つめられると落ち着かない。どう思っているのか、彼の顔には何もあらわれていなかった。

マットはほほ笑んだ。「気に入ったよ」

「エドにご用だったのでしょう？」なぜここに来たのかマットが言わないので、レスリーのほうからきいた。

マットは肩をすくめた。「急ぎの用じゃないんだ。ゆうべ土地計画委員会の委員に会って話した。その結果をエドが知りたいだろうと思って」

「ブザーで呼びましょうか」

「ああ」マットはまだほほ笑んでいた。

レスリーはブザーを押した。エドがすぐ自分のオフィスから出てきたが、マットの様子を見て不審そうな顔をした。

「ちょっといいかな?」マットがきいた。

「もちろん。入ってくれ」エドは脇《わき》へのいて背の高いいいとこを通すと、レスリーを振り返り、いったいどうなっているんだと目で問いかけた。彼女はにっこりしただけだ。

エドはうなずいてドアを閉めた。レスリーは仕事に戻ったが、マットの打って変わった接し方に困惑していた。以前のような不躾《ぶしつけ》なふるまいはまったくない。あの一件以来、マットは常に礼儀正しく、好ましい態度で、愛情のようなものすら感じられた。けれど彼は必要以上に近寄りはしなかった。男性に触れられる恐怖感をわかってくれたのだろう。マット兄さんという感じでいてくれる。

ありがたいと思うべきだ。マットは口癖のように結婚という言葉は僕の辞書にないと言っている。彼がレスリーの過去を知ったいま、情事は当然問題外だ。彼が示せるとしたら、友愛の情くらいなものだろう。少し残念ではあった。なぜなら、この前のなりゆきでマットの愛撫《あいぶ》の心地よさを知ったからだ。どんなにすてきだったか、彼に言えたらと思う。あれはレスリーにとって唯一のまともな男性関係だった。そしてそういう関係にとても好奇心がうずいた。むろん、誰とでもというわけではなかった。

マットとだけだ。

足音が近づいてきたので、レスリーはキーボードを打つ手を止めた。ドアが開いてキャロリンが入ってきた。ベージュ色の、体の線をきれいに見せる細身のドレスを着て、ヘアスタイルも完璧《かんぺき》だった。

「彼があなたをここに復帰させたって聞いたの。まさかと思ったわ。あの記者からあんな話を聞いたあとなのに」キャロリンは火でも吐くように言い、軽蔑《けいべつ》の目でつんとレスリーを見つめた。「偽装をしても無駄よ」

キャロリンはバッグの中を探り、古いタブロイド新聞の一面を破りとったものをひっぱり出し、レスリーのデスクの上に投げた。それには担架で運ばれていくレスリーの写真がのっており、〝歪《ゆが》んだ三角関係。嫉妬《しっと》の母、娘と愛人を撃つ〟という見出しがついていた。

レスリーはじっと座ったまま、過去というのは決して消えないものなのだと思いながら、それを眺めてため息をついた。過去から解放される日は永遠にこないのだろう。

「何か言ったらどう？」キャロリンが言った。

レスリーはキャロリンを見あげた。彼女の冷たい目をじっと見る。「母は服役し、私の人生はめちゃめちゃに打ち砕かれたわ。あなたには想像もつかないでしょうね。あなたは生まれてこのかた、お金に不自由したことも、世間の冷たい風にさらされたこともなく、ぬくぬくと暮らしてきたんですもの。男性経験一つないとてもうぶな十七歳の女の子が、自分の家で、ドラッグで頭がおかしくなっている四人の大人の男に服をはぎとられてレイプされそうになった。その心の傷がどんなものか、あなたに理解できるはずはないわね」

意外なことにキャロリンは顔色を失い、眉をひそめた。タブロイド新聞に目をやると、落ち着かなげに体を動かした。エドのオフィスのドアが開いてマットが出てくるのを見ると、彼女は急いで手をのばして新聞を引っこめた。

キャロリンが手にしている物を見ると、マットの顔は険しくなった。

キャロリンは新聞を丸め、くず入れの中に投げこんだ。「何も言わないで、マット。私は自分がしたことを恥じているわ」しわがれた声で言い、レスリーのそばを離れた。「二、三カ月ヨーロッパに行ってくるつもりよ。戻ったらまた会いましょう」

「そんな期待は持たないほうがいいな」マットは恐ろしいほど冷たく言った。

キャロリンはぎくりとしたが、振り向きはしなかった。胸をそらしてそのまま歩きつづけた。

マットはデスクのそばに来ると、くず入れから新聞を拾いあげ、エドに渡した。

「燃やしてくれ」

「喜んで」エドはレスリーにいたわりの視線を投げかけてから、自分のオフィスに戻ってドアを閉めた。

「彼女が来て騒ぎ立てると思っていたわ」レスリーは驚きをこめてマットに言った。キャロリンが急に反省の色を見せるなんて。

「キャロリンは僕が酔っ払った晩にちょっと口走ったことだけしか知らない。それ以上、彼女に話そうなんて夢にも思わなかった。彼女は見かけほど悪い人間じゃないんだ」マットは言った。「僕は子供の頃《ころ》からキャロリンを知っているし、彼女が好きだ。彼女は僕と結婚するのが当然と思いこんでいて、君をライバル視していた。僕は彼女の思い違いをはっきりさせた。そのことは片がついたはずなんだ」

「よかったわ」

「今度会う時には、彼女は人が変わったようになっているはずだ。必ず君に謝るよ」

「謝ることなどないわ。みんな事実を知らないんですもの。私にはおぞましすぎてとても人に話せなかったし」

マットは両手をポケットに入れ、じっとレスリーを見た。彼の顔にはしわが刻まれ、目の下には黒い隈《くま》ができている。彼はやつれた顔をしていた。

「君に嫌な思いをさせたくなかった」マットは苦々しげに言った。ひどく腹を立てているようだ。

「何をどう思うかはその人の勝手で、それを止めるのは無理というものよ。もういいんです。私が慣れてしまえばいいんだわ」

「慣れるだって！　こんど誰かがあんな物を持ってここへ来たら窓から放り出してやる！」

レスリーはちらりとほほ笑んだ。「ありがとうございます。でも、あなたの手を煩わさなくても、私一人で立ち向かえます」

「キャロリンのさっきの顔つきからすると、君は彼女にもきちんと言ってやったんだな」

「彼女は実際、そんなにひどい人じゃないんだわ」レスリーは彼を見てすぐに目をそらした。「ただ、やきもちをやいたのね。でもばかげているわ。なんの根拠もないのに」

ぎこちない沈黙が訪れた。

「どうしてそう思うんだ」

「私なんてライバルになりようもありません。彼女はとても美人で、お金持で、育ちがいいし」

マットは一歩レスリーに近寄り、彼女の顔をうかがった。びくりとした様子はない。それで、もう一歩近づいた。「怖がらないのか？」

「あなたを怖がるですって？」レスリーは微笑した。「いいえ、ちっとも」

マットは驚いたようだった。彼は不思議そうな、戸惑ったような顔をした。

「じつは、私、熊《くま》が好きなんです」レスリーはいたずらっぽくにこっとした。

その笑顔の意味はまっすぐにマットに通じた。彼の口元がほころび、微笑が広がる。マットはレスリーの椅子の背もたれをつかんでぐるりと回した。顔と顔が間近に向き合う。

「なんと言われてもへっちゃらだ、ミス・マリ」マットはささやき、そっと唇を重ねた。

レスリーは息をのんだ。

マットは頭を起こして静かにレスリーの目をのぞきこみ、彼女が怯《おび》えていないか見極めようとした。喉の脈が震え、息が少し浅くなっている。彼女は落ち着かない様子だ。だが、怖がってはいない。マットは女性をよく知っていたので、そう確信できた。

彼はそっと笑った。そして、実験でもするようにセクシーな声でささやいた。「ほかにも辛口のコメントがあるんじゃないかな?」

レスリーはためらった。彼は攻撃的ではなかったし、無理強いしなかったし、冷笑的でもなかった。前とはまるで違う彼の態度をどう考えたらいいのだろう。レスリーはマットの目を見つめて答えを探そうとした。

マットは彼女の唇を人さし指でそっとなぞった。

「どうなんだ?」

レスリーはおずおずと微笑した。彼女はたしかにひどく戸惑っている。けれど怯えてはいない。彼女の心臓は激しく鳴っている。だが恐怖で轟《とどろ》いているのではない。マットにはそれがわかった。

彼は身をかがめ、もう一度やさしく控え目なキスをした。

「あなたは葉巻のにおいがするわ」レスリーはいたずらっぽくささやいた。

「たぶんね。だが、いくら水鉄砲をぶっぱなされても、僕は葉巻を完全に放棄するつもりはない」マットはささやいた。「だから、君は葉巻の味に慣れたほうがいい」

レスリーは不思議そうにマットの目をじっとのぞきこんだ。

マットは親指をやわらかな彼女の唇に置いて微笑した。「バレンジャー家のパーティに招待されているんだ。来月なんだが、その頃には君のギプスも外れているだろう。きれいなドレスを買って、僕と一緒に行くっていうのはどうかな?」彼は唇でレスリーの額をそっとこすった。「ラテンの生バンドを頼んでいるそうだ。また踊れるよ」

レスリーはマットの声を聞いていなかった。彼の唇のせいで心臓の鼓動がどんどん速くなる。彼女はほほ笑みながら、花が太陽の光を求めて首をのばすように、顔を仰向けてやさしいキスを浴びた。マットにはそれがわかった。彼はレスリーと頬を合わせて微笑した。

「これはオフィスですることじゃないわね」レスリーはささやいた。

マットは頭を起こしてあたりを見回した。オフィスにはほかに誰もいない。廊下を来る者もない。彼はレスリーを見て眉を持ちあげた。

彼女ははにかんでくすりと笑った。

その微笑がマットを刺激した。彼の目から笑いが消えた。彼は大きな手でレスリーの顔を包んで再び身をかがめた。こんどのは軽いキスでも、短いキスでもなかった。

レスリーがうめくと、マットは飛びすさるように体を引いた。彼の目には動揺がむき出しになっている。マットはレスリーから両手をひっこめ、立ちあがって暗い目で彼女を見おろした。この前の出来事を——レスリーをわざといたぶった時のことを思い出したのか、彼は顔をしかめた。

レスリーはマットの顔に自責の念を読みとって眉をひそめた。彼女は男女のあいだの演技というものをまったく知らなかった。そういうことを自然に覚える年頃はもうとうに過ぎているというのに。

「すまない。そんなつもりじゃなかった」マットは低い声で詫《わ》びた。

「い……いいんです」レスリーはどぎまぎした。

マットはゆっくりと長く息を吸った。「これは知っておいてほしい。君はもう怖がることは一つもないんだ」

「怖がっていません」

マットの表情が硬くなった。片方の手をポケットの中で、もう片方を脇で固く握りしめている。レスリーはふとその手に目をやり、はっと息をのんだ。

「けがをしているわ！」レスリーは声をあげ、手をのばしてかさぶたができたすり傷と、腫《は》れてあざになっているところにそっと触れた。

「こんなものはすぐによくなる」彼はそっけなく言った。「向こうもそのうちに」

「向こう？」

「そう。ここまで君を追ってきた、あのゴシップ記事を書く記者だ」マットは顔をひきつらせた。「ヒューストンで草の根分けてやつを探し出し、上司に引き渡してやった。ああいうことはもういっさい起こらないはずだ。あの記者は一生惨めに死亡記事を書くことになるだろう」

「彼はあなたを裁判に……」

「大歓迎だ。僕の弁護団が調べあげて、あいつがよぼよぼの老いぼれになるまで法廷に通わせてやる。年齢の開きからして、たぶん僕のほうが先に死ぬだろうが」マットは言葉を切って少し考えた。「あいつを法廷に縛りつけておくためなら、そのための遺産を残して、最後の一セントまで闘うように遺言する！」

レスリーは笑っていいのか泣いていいのかわからなかった。マットは顔色をどす黒くし、怒りを発していた。

「しかし、一番やりきれないのはなんだと思う？」マットは困惑しているレスリーの目を見つめてつづけた。「あいつがしたことより、僕が君にした仕打ちのほうがはるかにたちが悪いってことだ。僕は自分を許せない。片時も。百歳まで生きたとしても」

驚くほかなかった。レスリーは目を伏せてキーボードに指をすべらせた。「私……もしあの話をあなたに知られたら……あなたにごうごうと非難されるにちがいないと思っていたわ」

「どうして君を非難するんだ？」

レスリーは肩をもじもじさせた。「どの新聞も、あの事件で悪いのは私だと書いたわ。私がそのかしたのだと」

「まさか！」マットはしゃがんでレスリーと目の高さを同じにした。「君のお母さんが全部話してくれたんだ。お母さんは赤ん坊のように泣きじゃくっていた」彼はやさしくレスリーの頬に指を触れた。「そしてこう言っていたよ。あんな仕打ちをもしも君が許してくれるなら、罪をあがなうために、このまま死ぬまで刑務所にいてもかまわないと」

涙がこぼれた。レスリーが拭《ぬぐ》いかけると、マットが彼女の顔を引き寄せ、キスで拭ってくれた。それがとてもやさしかったので、いっそう涙があふれた。

「泣くことはない」彼はささやいた。「だいじょうぶ、君は二度と辛《つら》い目にあうことはない。そんなことは僕がさせない。約束する」

けれど涙は止まらなかった。

「ああ、マット……」レスリーはすすり泣いた。

守ってやりたい。マットの本能がうずいた。「僕のオフィスに行こう」彼はやさしく言い、立ちあがってレスリーを抱きあげ、人影のない廊下を自分のオフィスに向かった。

秘書のエドナが彼を見てドアを開け、レスリーの涙で濡《ぬ》れた赤い顔を見て顔をしかめた。「コーヒーかブランデーをお持ちしましょうか？」

「コーヒーを頼む。三十分ほどしたら持ってきてくれないか。電話もつながないでくれ」

「はい、社長」

秘書はドアを閉めた。マットはバーガンディー色のソファに腰をおろし、レスリーは彼の膝に抱かれて泣いた。

彼はレスリーの手にハンカチを握らせ、腕の中であやすようにそっと揺すった。嗚咽《おえつ》がおさまるまでやさしくささやきかけた。

「ここの家具を入れ替えようと思っている。羽目板も変えたいな」

「なぜ?」

「このままだと君は嫌なことを思い出すにちがいない」マットは言った。「僕は思い出してしまう」

彼の声は苦々しげだった。この部屋で失神し、気がつくといま座っているこのソファに寝かされていたことを思い出した。レスリーはマットを見あげたが、彼女の目に敵意やとがめは影も形もなかった。赤く泣きはらした目は、ただ不思議そうだった。

マットはそっとレスリーの頬を撫《な》でて微笑した。

「君はとても辛い目にあってきたんだね。だが、ふつうの男は、あの獣たちが君にしたようなことはしない。そう聞いたら君は少しは安心するかな?」

「それはわかっています」レスリーは答えた。「マスコミは私にコールガールも同然のレッテルをはったけれど、私はそうじゃないわ。でも、世間の人はそういう目で私を見る。だから逃げて隠れたの。エドや彼のお父さんや親友のジェシカがいなかったら、私はどうなっていたかわからないわ。身内は誰もいないし」

「お母さんがいるじゃないか。お母さんは君に会いたがっている。君がその気になったら、いつでも連れていくよ」

レスリーはためらった。「母は人殺しの罪で刑務所に入っているのよ」

「知っている」

「あなたはこの町の名士だわ」

「それは僕の評判を案じているのか？」マットは嘆息した。「いいか、僕はゴシップなんてへっちゃらだ。僕のことを槍玉《やりだま》にあげているあいだは、世間はほかの人間のことを放っておく。そんなものだ」彼はレスリーの手からハンカチをとり、頬をふいてやった。「これだけは言える。僕のまわりに寄ってくるゴシップ記者はまずいないだろう。ヒューストンにいるあいつは、こんど僕の姿を見たら尻尾《しっぽ》を巻いて逃げ出すはずだ。間違いない」

彼は唇を引き結んだ。

レスリーは不思議でたまらなかった。私を守るためにそんなにまでしてくれるなんて。彼女はきょとんとした子猫のようにマットを見つめた。

その目がマットの欲望を刺激した。彼は自分の体の反応にぎょっとし、レスリーに気づかれてはいけないとあわてて彼女を脇によけた。

あまりにもいきなりだったので、レスリーはびっくりした。急に彼の隣に座らされ、あっけにとられた。

マットはすばやく立ちあがると、部屋の向こうへ歩いていき、レスリーに背中を向けた。

「コーヒーはどうだい？」マットはかすれた声できいた。

レスリーは戸惑いながらマットを見つめた。「ええ……」

マットはインターコムで秘書を呼び、コーヒーを頼んだ。レスリーに背中を向けたままだ。彼はドアのところへ行った。エドナがトレイを運んできてソファの前の低いテーブルの上に置いた時も、彼はそこに立っていた。

「ありがとう、エドナ」マットは言った。

「どういたしまして」エドナはレスリーにウインク

し、励ますように微笑すると、そっとドアを閉めて出ていった。

レスリーはマットを見ると、気をもみながら二つのカップにコーヒーを注《つ》いだ。

「あなたもお飲みになるでしょう?」

「いや、いまはいい」マットはぼそりと言った。彼は自分を静めようとしていた。

「とてもいい香りだわ」

「ああ。だが、僕はそれでなくてもやや興奮気味だから、カフェインは遠慮しておくよ」

レスリーには何がなんだかわからなかった。

マットはそんなレスリーの視線を背中に感じ、仕方なく笑って振り返った。彼女はマットの困った状況にまったく気づいていないのだ。驚いたし、おかしくもあった。

彼はソファに戻って腰をおろし、頭を振りながらレスリーが差し出すカップを受けとった。

「どうかなさったの?」レスリーはきいた。

「すべてこの世は事もなしさ」マットはきざっぽく言った。「エドナが危機を救ってくれたが、君はそれに気づいてもいない」

レスリーはおかしそうに光っているマットの目を困惑して見つめた。

マットは笑ってコーヒーを一口飲んだ。「気にしなくていい。いつか、君と僕がもっとよくわかり合えるようになった時に話してあげる」

レスリーはわけがわからないまま微笑し、コーヒーをすすった。

「ヒューストンから戻ってから、あなたはまるで人が変わったみたいだわ」

「僕は恥ずかしいことをした」マットはカップを下に置いた。視線も一緒に落とす。「これまで僕は誰に対しても不当な仕打ちをした記憶がない。ましてや従業員に対しては」

彼は顔をしかめた。レスリーをまっすぐに見ることはしなかった。虚《うつ》ろな声で笑った。

「君はエドが近づいても平気だが、僕だと身を縮める。それが僕のプライドを傷つけた。どうしてなんだといつも考えていた。女性はいつも向こうから僕の腕に飛びこんできた。まだ金がない時からそうだった。なのに君にはそばに寄ることもままならない。ダンスを踊った時と、そのあと君が僕に手を触れさせてくれたあの時をのぞいては」

レスリーも思い出した。あの感触を、あの時の彼の目を、彼の手を、彼の唇を。彼女は大きく息をのんだ。

マットは顔をしかめた。

「あれがはじめてだったんだね？」

レスリーは目をそむけた。

「僕はそれさえ汚してしまった。美しい思い出になるべきものなのに」マットは自分の両手をじっと見た。「レスリー、僕は本当にひどかった。どこからどんなふうにやり直していいかわからない」

「私もそうだわ」レスリーは打ち明けた。「私の身に起こったことは本当にひどかった。あの時の私がもっと大人だったとしても、ひどいことに変わりはないわ。結局、私はデートもできなくなってしまったんですもの。男性とちょっと体が触れただけで忌まわしいことが蘇《よみがえ》ってしまう。男の人がおやすみのキスをしようとするのさえ耐えられなかった。ひるんであとずさりすると、みんなは私を異常だと言ったわ」

レスリーは肩を落とし、しょんぼりと目をつむった。

「例の医者のことを話してくれ」

レスリーはためらった。両腕で胸を覆い、体を小さくした。

「あの医者は、たぶん誰かが言ったことをうのみにしたんでしょうね。私をごみくずのように蔑《さげす》んで扱ったの。私の脚の傷を消毒して包帯をし、刑務所がまた病院に送り返してくるだろう、あとの手当てはそれからだと言ったわ」

マットは小さく悪態をついた。

「私は刑務所に入らなかったわ。入ったのは母よ。脚は恐ろしく痛んだけれど、私は医療保険に入っていなかったし、ジェシカの両親は貧しくてとても切りつめた暮らしをしていたし、手術の費用なんて誰も出せなかったわ。しばらく経《た》ってから町の診療所で診てもらうことができたの。その医者は、骨はすでに問題なくくっついていると考えて、ギプスだけつけてくれたわ。レントゲンは撮らなかった。私はその費用が出せなかったの」

「ともかくも、きちんと治せてよかった」

マットは目を伏せた。彼女がおぞましい事件で精神的に深い痛手を負っただけでなく、負傷の後遺症に長く苦しめられてきたことを本当にかわいそうに思った。

「少し足を引きずるようになったけれど、歩くのにはまったく問題なかったわ。ところが、つぎには落馬したわ」レスリーはため息をつき、頭を振った。

「あんなことは絶対に起きてほしくなかった」マットはレスリーと目を合わせた。「僕は無性に腹が立った。君が僕の手を払いのけたからだけじゃない。僕のせいで君にけがをさせてしまったことがたまらなかったんだ。それにあのダンスだ。あの速いステップのせいで君にひどい苦痛を与えてしまった時には、いっそうたまらなかった」

「でも、痛くなってよかったんだわ。おかげできちんと手術を受けられたんですもの。本当に感謝しています」

「結果的にそうだとしてもすまなかった」

マットはしばらくレスリーの新しい外見を眺め、

そして微笑した。

「眼鏡が似合っているよ。目が大きく見える」

「前はいつもかけていたのよ。あの記者が事件の話をテレビ映画に売りこもうとして私を探していると知って、変えられるところはすべて変えたの。髪を染め、コンタクトレンズにして、服装も地味にして。そしてジェイコブズビルに最後の望みをかけたの。もしここで見つけられたら、どこへ逃げても捕まってしまうと思ったわ」

レスリーはギプスの上のスカートを撫でた。

「そんな心配はもうしなくてだいじょうぶだ。それから、君のお母さんに僕の弁護士と会ってもらうというのはどうだろう」

レスリーは不安そうに顔を上げた。

「わかっている。不愉快な記憶を引きずり出すことになるだろう。しかし、お母さんの刑期を短くすることができるかもしれない。裁判のやり直しも可能かもしれない。情状酌量の余地はあったはずだ。公選弁護人がいくら有能だったとしても、経験豊かな刑事事件専門の弁護士には及ばないからね」

「そのことも母に話したんですか?」

マットはうなずいた。

「お母さんは即座に断った。それでなくても、もう充分君に惨めな思いをさせているからと」

レスリーはスカートに目を落とした。

「惨めな思いをしたのは母も同じだわ。母がこの先一生を刑務所で送ることになったら、それはあんまりだと思うわ」

「同感だ」マットはレスリーの髪にそっと手を触れた。「お母さんは本物の金髪なんだね」

「ええ。私の黒っぽい髪は父譲りなの。灰色の目もそう。母の目はブルーで、私はよく母と同じ色だったらいいのにと思ったものだわ」

「僕は君のその目が好きだ」マットはレスリーの眼

鏡のフレームに指をすべらせた。「眼鏡も含めて好きだ」

「あなたは視力にまったく問題がないのね」

マットは笑った。「僕にはすぐ目の前の物が見えないという問題があるようなんだ」

「遠視なの？」

レスリーはたずねた。マットが言った意味がわからなかったのだ。

マットはレスリーのふっくらとした唇に人さし指を触れた。彼の目から微笑が消えた。

「いや。本物の金と金めっきを見間違うことがあるということさ」

唇に触れているマットの指に気がそわそわし、レスリーはちょっと体を引いた。するとマットはあわてて手をひっこめた。その動作にレスリーが驚くと、彼はほほ笑んだ。

「もう侵略行為はしない。約束する」

レスリーはうっとりと彼の目を見た。そして不意に大胆になった。

「それは、もう二度と私とキスをしないという意味なのかしら？」

「いや、するとも」マットはうれしくなった。彼は身を乗り出した。「ただし、これからは君が追いかける番だ」

11

レスリーはマットの目をしばらくのぞきこみ、微笑した。「私が？　私があなたを追いかけるの？」

　マットは唇をすぼめた。「男は時々、追いかけるのにあきる。ぼくは君に追いかけ回されたい」

　私が背広を着てマットはドレス姿。頭の中にそんなイメージを描いてレスリーはくすくす笑った。けれど、そういう関係もすてきだ。心の中がじわりと温かくなった。氷の壁が崩れだしたかのようだ。マットを腕に抱く。過去も忘れて心がはずんだ。

「オーケー。でも、あなたをフットボールの試合に連れていくのはやめておくわ」

　さしあたりは、さり気ない関係でいたかった。

　マットは笑顔を返した。「いいとも。フットボールはテレビで見られるからね」レスリーの目が明るく輝いている。彼は頭がくらくらした。「もうだいじょうぶだね？」

　レスリーはうなずき、物思わしげに言った。「人間って、たぶん、どんなことにも慣れることができるんだわ」

「そのことについてなら僕は本が書ける」

　マットは苦々しく言い、レスリーは彼の過去を、悲しみに縁どられた彼の子供時代を思いやった。

「きっとそうでしょうね」

　マットはコーヒーカップを両手で握り、身を乗り出した。すてきな手だ、とレスリーは思った。指が長くて力強くて、とても形のいい手。あの手が私の体に触れたのだ。思い出して、うれしくなった。

「一歩ずつ事を進めよう」マットは穏やかに言った。

「プレッシャーはなしだ。僕は君に威張ったりしない。君のペースで進もう」

レスリーは少し困った。一歩ずつはいいけれど、どこへ向かうことになるのだろう？　はしたないことになるのは嫌だ。彼は結婚して落ち着く人ではないし、私は情事に身を投じるタイプじゃない。彼はどう考えているのだろう。知りたかったが、この新しい関係はいま始まったばかりで、まだそんなことをきく段階ではないと思えた。マットがいまのようにやさしく気を遣ってくれるのはうれしい。人の愛情をほとんど知らないレスリーは、やさしさに飢えていた。

マットははっとして、ゴールドの薄い腕時計に目を落とした。「一時間前にはフォートワースに行っていなくてはいけなかった。牧畜業者の会議に出るはずだったんだ」彼はちらっとレスリーを見た。「困ったものだ。これは君のせいだ。君のこととなると僕の頭はどうかしてしまう」

レスリーはやさしくにっこりした。「それはうれしいお話だわ」

マットは笑い、コーヒーを飲み干してカップを置いた。「遅刻してもまったく顔を出さないよりはましだろう」

彼は身をかがめてとてもやさしくキスをした。マットの目はいままで見たこともないほど温かかったので、レスリーはなんだかぼうっとなった。

「僕が留守のあいだ、いい子にしているんだよ」

「まあ、それは気のもみすぎよ」

マットはうなずいた。「君は一度も悪いことをしたことがない。そうなんだね」

「たった一度、愚かなことをしたわ」

マットの目がいっそう黒みを帯びた。「あれは君の落ち度じゃない。そのことをまず第一にきちんと認識しなくちゃいけない」

「あれは初恋だったたわ。生まれてはじめて男の人に夢中になったの」レスリーは正直に言った。「無意識のうちに私がマイクをそそのかして……」

マットは親指で彼女の唇を封じた。「常識のあるきちんとした大人なら、十代の女の子がどんなにあけすけに誘惑したとしても、まともに受けとったりはしない。そうじゃないか、レスリー？」

それはよい問いかけだった。レスリーにあの事件を別の方向から眺めるきっかけを作ってくれた。

マットはレスリーの唇をしばらくまじまじと見つめると親指を離し、黒っぽい髪をかき回した。「そのことを考えてごらん。それに、ドラッグをやっている人間は、たいてい自分が何をしているかわからなくなっている。君は運悪くその場に居合わせただけなんだよ」

レスリーは鼻の上に落ちた眼鏡をかけ直した。

「たぶん、そうなんだわ」

「僕は今夜はフォートワースに泊まることになるだろうが、明日の晩、夕食に行くのはどうかな？」

レスリーはギプスを指さした。「ドレスを着て松葉杖《まつばづえ》で歩く姿が想像できるわ」

マットは笑った。「君がかまわなければ僕はちっとも気にしない」

レスリーは本当のデートをしたことがない。エドとは何度か夜の外出をしたが、彼はボーイフレンドというより兄のようだった。レスリーは目を輝かせた。「うれしいわ。でも、あなたは本気で言っているのかしら？」

「もちろん本気だ」

「じゃ、イエスよ」

マットはにっこりした。「わかった」

レスリーは彼のやさしい目を見つめた。二人のあいだに電流が走る。親密に見つめ合うのはすてきだった。レスリーは胸がどきどきし、赤くなった。

マットは片方の眉をぴくりとさせ、いたずらっぽくほほ笑んだ。

「いまはだめだ」マットはかすれた声でささやいた。

レスリーがいっそう頬を染める。彼はドアに向かった。

マットはドアを開けた。そして秘書に言った。

「エドナ、僕は明日戻る予定だ」

「はい、社長」

彼は振り返らなかった。外のドアが開いて閉まる音がした。レスリーはぎこちない動作で立ちあがり、ドアのところへ歩いた。「ここを片づけたほうがいいかしら？」エドナにきいた。

エドナは微笑した。「そんな心配いらないわ。あなたは仕事にお戻りなさい、ミス・マリ。脚の具合はどう？」

「いまは不自由です。でも、じきにふつうに歩けるようになると思うとうれしくて。ミスター・コールドウェルに心から感謝しています」

「彼はいい人よ」エドナはにっこりした。「それにいい上司だわ。時々ご機嫌斜めになるけれど、人間には誰でもそういう時があるわ」

「ええ」

レスリーは足を引きずりながら自分のオフィスへ戻った。書類をめくっていると、エドがその音を聞きつけてやってきた。

「落ち着いたかい？」

レスリーはうなずいた。「この頃《ごろ》の私は、まるでじょうろみたいに涙を流しているわ。どうなっているのかしら」

「物事にいちいち理屈をつける必要なんてない」エドは穏やかに微笑した。「マットはそれほど悪い人間じゃない。そうだろう？」

「ええ。彼は私が思っていたような人じゃないわ」

「彼は君のことをだんだん好きになるよ」エドは言った。自分のデスクからファイルをとってきて、レスリーのデスクの端に腰をのせる。「この返事を出したいんだが、口述筆記を頼んでもだいじょうぶかな？」

レスリーはうなずいた。「もちろん」

翌朝、マットは会社に着くと、まっすぐにレスリーのところへ行った。

「カーラ・スミスに君の代わりをしてくれるように言うんだ」彼はいきなり言った。「君と僕は今日は早引けだ」

レスリーは驚いた。「それで、私たちはどうするの？」

「その前に片づけることがある」

マットは笑ってインターコムを押し、君の秘書をしばらく盗んでいくとエドに告げた。レスリーはカーラに電話をし、エドのオフィスに来てくれるように頼んだ。

手配と調整はすぐに完了した。数分後、レスリーは制限速度いっぱいでハイウェイを飛ばしていくマットのジャガーの助手席に座っていた。

「どこへ行くの？」彼女は胸を躍らせてきいた。

マットは隣のレスリーに目を走らせ、口元をほころばせた。ブルーとグリーンの渦巻き模様のきれいなドレスが似合っている。彼はレスリーの黒っぽい髪が好きだった。眼鏡すら好きだった。

「ちょっと驚かせることがあるんだ。君が気に入ってくれるといいが」彼は少し声を硬くした。

「当ててみるわ。動物園に連れていこうとしているのね――大蛇を見せに」レスリーは冗談を言った。

「君は蛇が好きなのか？」

「まさか。でも、驚きではあるわ。うれしくない驚きだけれど」

「蛇は関係ない」

「よかった」

マットは追い越し車線に入り、車を数台すいすいと抜いた。

「これはヒューストンに行く道ね」レスリーは道路の標識に気づいた。

「そうだ」

レスリーはシートベルトを神経質にいじった。

「マット、私はヒューストンが好きじゃないの」

「わかっている」彼はちらっとレスリーを見た。

「僕らはいま、君のお母さんに会いに刑務所へ行こうとしている」

レスリーは鋭く息を吸いこんだ。スカートの上で両手をきつく握りしめる。

マットは腕をのばし、その手にやさしく自分の大きな手を重ねた。

「エドは僕にも言っていた。〝問題から逃げるな。まっすぐにぶつかっていけ〟と。君とお母さんはこの五年間会っていない。そろそろすべての亡霊を退散させる時だと思わないか？」

レスリーは不安になった。不安を隠すことができない。「母に最後に会ったのは法廷だったわ。評決が言い渡された時よ。母は私の方を見ようとさえしなかった」

「彼女はとても恥じていたんだよ、レスリー」

驚きだった。「恥じていた？」レスリーは眉をひそめてマットを見た。

「彼女は多量のドラッグをやっていたわけではないが、依存症だったことはたしかだ。アパートに帰ってくる前にいくらかやっていた。そして彼女の愛人と君のあの光景を見た。彼女が僕に話したことによると、いつピストルを手にしたのかまるで記憶がないそうだ。気がつくと愛人が死んでいた。そして君が床の上で血を流していた。彼女は警察に連行された時のことも覚えていない」マットは口をきつく引き結んだ。「正気に返ると留置場にいて、そこで起こったことを聞かされた。たしかに彼女は裁判中もそのあとも君の方を見なかった。だが、君を責めていたんじゃない。自分自身を責めていたんだ。住むところほしさに、愛しているふりをして転がりこんできたドラッグの売人の嘘《うそ》や甘言にすっかり騙《だま》された自分を責めていたんだ」

それは思い出したくないことだった。レスリーは母と本当にしっくり心が通い合ったことは一度もなかった。とくに父が死んでからの母は冷淡で気難しかった。

マットはレスリーの手をぎゅっと握った。「どんな時も僕がついている」彼はきっぱりと言った。「何が起ころうと僕は動じない。僕が望むのは、君にとって物事が少しでも楽になることだ」

「母は私に会いたがらないかもしれないわ」

「お母さんは会いたがっている。心から会いたがっている。あまり時間がないことを知っているんだ」

レスリーは唇を噛《か》んだ。「心臓が悪いなんてまったく知らなかったわ」

「もともと悪かったんじゃなくて、長いあいだドラッグをやっていたせいだろう。そこまで乱用すると、人の体は反発を起こす」マットはレスリーを見た。「いまのところは、安静にしていればだいじょうぶだ。とにかく、彼女のために何かできることがあると思うんだ」

「裁判をやり直すとしたら、たくさんのストレスがかかるわ」

「たしかに。だが、そのストレスは悪いほうに働くとは限らない。その先には仮釈放される可能性があるんだからね」

レスリーはうなずいた。レスリーの前には障壁がそびえている。母と和解したいかどうかもよくわからない。だが、マットはそれを成し遂げる決意を固めているようだ。

刑務所に入るには複雑な手続きが必要だった。いくつもの検問所があり、訪問者を保護するためにさまざまな安全設備が施されていた。面会室に向かって長い廊下を歩きながら、レスリーは小さく身震いした。自由を拘束されるのは、だらだらと死が引きのばされる恐怖に等しく思えた。母の体の具合が悪くなったのも、そのせいかもしれない。

小さな仕切りの前に椅子がずらりと並んでいた。受刑者とのあいだは厚いガラスで隔てられており、金網の入った小さな開口部を通してたがいに話ができるようになっていた。マットは看守に声をかけ、レスリーに仕切りの一つを示して背もたれのまっすぐな椅子に座らせた。ガラス越しに細長い部屋の端にあるドアが見える。

レスリーは固唾《かたず》をのんでドアを見つめていた。マットの温かい手が力強く肩に置かれるのを感じた時、ドアが開き、痛々しいほどやせている、短い金髪の女性が看守に背中を押されて入ってきた。彼女はレスリーがいる仕切りの前に来た。彼女は目をあげ、ガラスの向こうのこわばった顔をちらりと見た。薄い色の青い目は悲しげで不安がにじんでいる。やせた両手が震えていた。

「久しぶりね、レスリー」彼女は懸命に言葉を押し出すように言った。

レスリーは身じろぎすらできなかった。心臓が止まりそうになった。深いしわが刻まれた顔。やせ衰えた姿。物憂げな青い目にわずかに昔の母の面影が残っているだけだ。骨と皮ばかりの両手はひどく荒れ、手の甲には静脈が浮き出ていた。

マリーはかすかに自嘲《じちょう》の笑みを浮かべた。「わかってたわ。こんなことしないほうがよかった」かすれた声で言った。「ごめんなさい……」彼女は立ちあがりかけた。

「待って」レスリーはかすれた声を絞り出し、顔を歪《ゆが》めた。何を言っていいかわからない。歳月が母を別人に変えてしまっていた。

マットが後ろに来て、励ますようにレスリーの肩に両手を置いた。

「あわてることはない」彼はやさしく言った。「だいじょうぶだよ」

マリーはマットがレスリーに親しげに手を触れているのを見た。レスリーがその手を振り払う素振りも見せないのでちょっと驚いた。目を合わせると、彼は微笑した。

マリーはおずおずと微笑を返した。すると、しわだらけのやつれた顔が若やいだ。彼女は娘の目を見た。目がやわらいでいる。「私はあなたのボスが気に入ったわ」

レスリーはほほ笑み返した。「私も」

ためらいがあった。「どこからどう話したらいいのか」マリーは低い声で切り出した。「何度も何度も練習したのよ。でもひとことも思い出せない」

彼女は薄い色の目でレスリーの顔をじっと見つめた。過去からきっかけの言葉をひっぱり出そうとするかのようだ。恐怖でひきつったあの夜の娘の顔が蘇《よみがえ》り、マリーは顔をしかめた。

「私はたくさん過ちを犯したわ。一番の過ちは自分のことしか頭になかったこと。いつもそうだった。私はあれがほしい。私はこうしたい。ドラッグをはじめたきっかけもそう。自分が楽しい気分になれるからってことしか考えなかった」彼女は頭を振った。「わがままはとてもとても高くついたわ。あなたにまでその代償を払わせることになってしまった。本当にごめんなさい。法廷ではあなたの方を見るのも耐えられなかった。あんなひどい目にあわせた自分が恥ずかしくてたまらなかった。タブロイド新聞にあんなプライベートなことまで書き立てられ、国中の人に知られてしまって。あなたはたった一人で、くじけまいと頭をあげて……」震える息を吸いこみ、急にがっくりと肩を落とした。「許してなんてとても言えないわね。そんなお願いをするつもりもないわ。でも、どうしても会いたかった。たった一度でいいから。会ってあなたに、私がどれほど悔いているか言いたかったの」マリーは大きく顔を歪めた。

レスリーは胸がずきずきした。母がそんな気持でいるとはまったく知らなかった。手紙一本やりとりしたことがなかった。マットが言ったことは本当だったんだわ。母が口もきいてくれなかったのは、恥ずかしさのあまり私と顔を合わせられなかったからなのだ。心の傷が少し軽くなった。

「ドラッグをやっていたなんて知らなかったわ」レスリーは思わず言った。

マリーが目をあげた。その目にはじめてかすかな希望の色が浮かんだ。「あなたがそばにいる時にはやらなかったもの」彼女はやさしく言った。「でも、はじめたのはずっと前。あなたのパパが死ぬ少し前くらいだったかしら」その目からすっと光が失《う》せた。「パパが死んだことで、あなたは私を責めているでしょうね。でも、そのとおりだわ。私がほしがる物を買えるような暮らしじゃなかったから。なのに私はあれやこれやねだったわ。彼にはとうてい買えないようなものをね」彼女は前の机に目を落とした。「彼はいい人だった。やさしい人だったわ。彼に感謝すべきだった。死んでしまってから、ようやく彼がどんなに大事な人だったかわかったの。でも、もう遅すぎたわ」彼女は虚《うつ》ろな声で笑った。「そのあとでは、もうすべてがどうでもよくなった。自分のことも、あなたのことも。そしてより強いドラッグに頼るようになった。で、マイクに出会ったのよ。彼が私にドラッグを売っていたことは知っていたと思うけど」

「マットから聞いてはじめて知ったわ」

マリーは目をあげ、レスリーの後ろに立っているマットを見た。

「この子がこれ以上傷つかないようにしてやってほしいの」彼女は哀願した。「あの記者がもう追い回したりしないように。この子はもう充分に辛《つら》い思いをしてるわ」

「それはママも同じよ」マリーの気遣いに胸をつかれ、レスリーは思わず言った。「マットは……裁判をやり直せるかもしれないって」

マリーはびっくりした。目が輝いたが、それはつかの間だった。「いいえ！」彼女はうめくように言った。「自分がしたことの償いをするのは当然よ」

「ええ。でも……」レスリーはためらった。「あれはショックと怒りのせいだったのよ。計画的な犯行じゃないわ。法律のことはよくわからないけれど、意図的な行為だったかどうかで大きく変わってくるはずよ。ママはマイクを殺そうと計画していたわけじゃないわ」

マリーはガラス越しに、悲しげに娘の目を見つめた。「あなたは寛大なのね、レスリー」静かに言った。「とてもとても寛大だわ。私はあなたの名誉を汚してあんなに悲しい思いをさせたのに」

「私たちはどちらも犠牲を払ったのよ」

「あなたはギプスをしているのね」突然、母が言った。「どうして？」

「馬から落ちたの」レスリーは言った。マットの手が彼女の肩をぎゅっと握った。そうじゃないだろうと言いたげに。レスリーは肩の上の彼の手にそっと触れた。「でも、落ちて幸いだったのよ。マットが手術を手配してくれて、脚をきちんと治療したの」

「レスリーの脚のけがのこと、あなたは知っていたわね？」マリーはマットに言い、しょんぼりと微笑した。

「ええ」マットは答えた。声がかすれた。レスリーがそっと手を撫《な》でている。そのやさしい感触がマットの官能をかき立てた。彼女が自ら進んで彼に手を触れたのはこれがはじめてだ。彼は頭がくらくらした。

「そのこともずっと良心にのしかかっていたの」マリーは娘に言った。「よかったわ。ちゃんと手術を受けたのね」

「こんなところにいるママがかわいそう」レスリーは心から同情した。「私、もっと前に来ればよかった。でも……憎まれていると思っていたから」彼女は声をかすれさせた。「マイクがあんなことになったのは……」

「レスリー!」マリーは顔を両手に埋《うず》めて肩を震わせた。

激しく泣きじゃくる母を、娘はどうしていいかわからずに見つめていた。しばらくして、マリーは赤く泣きはらした目の涙を拭《ぬぐ》った。

「あなたを憎んだりしなかったわ! 一度だって憎んだことはないわ!」マリーは声を震わせた。「どうしてあなたを憎めるの? あなたは一つも悪くないのに。悪いのは私よ。私は悪い母親だった。ドラッグなんかやって、あなたを危険にさらしていた。おまけにマイクを家に住ませたりして、あなたをあんなひどい目にあわせたのは私よ。かわいそうに。あんなに無邪気だったあなたが、あの男たちにあんなふうに——」マリーはまた泣き崩れた。「だから、会いに来てなんてとても言えなかった。手紙も書けなかったし、電話もできなかった。あなたは私を憎んでいると思ったんだもの!」

レスリーは肩の上のマットの手をすがるように握った。彼がそばにいてくれるだけで心強い。それに、彼がいなかったら何も知らずじまいだった。

「私は憎んでいなかったわ」レスリーはゆっくりと

言った。「いま思えば、裁判の時に話し合えなかったのが残念ね。パパのことでは……怒っていたけれど」そのことは正直に言った。「でも、あれが起きたのは私がまだ小さい頃だったし、私とママのあいだにはいつもなんとなく距離があったわ。もしも私たちが……」

「過ぎたことを変えるのは無理よ」マリーはしょんぼりとほほ笑んだ。「でも、もしあなたに許してもらうことができるなら、ここにいることなんかなんでもない」彼女は辛い気持で娘を見つめた。「もしも許してもらえるのなら、私はもう何も思い残すことはないわ！」

レスリーの喉に塊がこみあげた。母を見つめる。いまの母は別人だった。「許すなんて――ええ、もちろんよ」レスリーは唇を噛んだ。「ママはだいじょうぶなの？　体はだいじょうぶ？」

「心臓の具合がちょっと……。たぶんドラッグのせいね」マリーはたいしたことではなさそうに言った。「でも薬をのんでいるし、だいじょうぶ。私は何も心配ないわ」彼女は娘の目を食い入るように見つめた。「あなたもそうだといいわね、レスリー。そう願ってるわ。でも、もうあの記者に追い回される心配はなさそうね。会いに来てくれてありがとう」

「会えてうれしかったわ」レスリーは言った。本当の気持だった。「手紙を書くわね。それにまた会いに来るわ。マットの弁護士が何か手を打ってくれるはずよ。それをはねつけないで」

マリーは黙っていた。困ったようにマットと目を見交わす。

マットは両手をしっかりとレスリーの肩の上に置いた。

「彼女は僕がちゃんと面倒をみます」マットはレスリーの母に言った。彼女がその意味を理解してくれたことがわかった。僕が生きている限り、誰であれレスリーに指一本触れさせない。僕には力がある。それを使って彼女の娘を守るのだ。

マリーの顔に安堵《あんど》の色が浮かんだ。

「安心したわ」マリーは答えた。「私のことでお力添えありがとうございます。たとえどうにもならなかったとしても感謝します」

マットは微笑した。「奇跡はいつでも起こる」彼は自分の手を撫でているレスリーの手に目をやった。「その人をしっかり捕まえているのよ」マリーは力をこめて娘に言った。「もし彼のような人に出会っていたら、いま私はこんなところにはいなかったでしょうね」

レスリーは赤くなった。母はまるで見当違いなことを言っている。マットの胸の中にあるのは後ろめたさと同情だ。後悔もあるかもしれない。母はそれを愛だと勘違いしているようだ。

マットはレスリーの方に身をかがめて言った。「むしろこう言うべきじゃないかな。レスリーのような女性は容易に得がたい」

意外にも、彼は真顔だった。

マリーは大きな笑みを浮かべた。「ええ、そのとおりよ。こんないい子はめったにいないわ。元気でね、レスリー。私はあなたのことを……愛しているのよ。そうは見えないかもしれないけれど」

レスリーは目頭がじんと熱くなった。「私も愛しているわ、ママ」声がつまって震えた。胸にあふれる思いを言葉にすることができない。

マリーは何も言えなかった。目が潤んで微笑が震えて崩れた。彼女は黙ってうなずいた。マリーはしばらく娘を見つめていたが、やがて立ちあがってドアに向かった。

レスリーは母の姿が完全に見えなくなるまでじっと座っていた。マットの大きな手がしっかりと彼女の肩をつかんでいる。

「さあ、行こう」彼はやさしく言い、ドアの外に導きながらレスリーの手にハンカチを握らせた。

彼のやさしさは凶器だわ。レスリーは思った。これが永久につづくわけではないことを知っていれば、なおのこと辛い。いまの彼の親切は償いの気持なのだ。彼の行為を深読みしてはいけない。私は一日一日を大事にするしかない。いま現在を大切に生きることだわ。

駐車場へ戻る途中、レスリーはずっと黙りこくっていた。マットは葉巻をくゆらせながら、片手をポケットに入れ、目を細くし、考えこむようにしてレスリーの横を歩いていた。車のところに着くとコントローラーのボタンを押してロックを解除した。

「連れてきてくださってありがとう」助手席のドアの前でレスリーは言った。マットを見あげた目には感謝の気持があふれている。「来て本当によかったわ。最初は気が進まなかったけれど」

マットはドアを開けようとする彼女の手を止め、さらに近寄った。レスリーは車と長身のたくましい彼の体のあいだにはさまれた。彼の黒みがかった目がじっと見つめる。

彼の視線が唇に落ちた。その視線があまりにも熱かったので、レスリーは思わず唇を開いた。脈がどうかしたように速くなった。彼が接近するとレスリーの体はいつも過激に反応する。まるで彼の唇が体中に押しつけられているようだった。そんなとんでもない刺激を感じてしまうのが怖かった。

マットは目をあげ、レスリーのやわらかな灰色の目の中にその表情を見た。彼の顎の筋肉がぴくりとした。マットは息をつめた。

駐車場にはほかに誰もいなかった。レスリーは黒く光っている彼の目を見つめた。聞こえるのは、通り過ぎる車の音と、おかしくなったように打っている自分の鼓動だけだ。

マットはもう一歩近寄り、意識的に、レスリーの負傷していないほうの脚と、もう一方のギプスの脚のあいだに自分の脚を置いた。

「マット？」彼女は震え声でささやいた。

彼は目を細め、片手をレスリーのほてった頬に当てた。親指で彼女の顎を持ちあげる。腿をこするように脚を動かすと、彼女は小さくあえぎ声をもらした。

彼の触れ方も視線も傲慢《ごうまん》だった。そんなふうに迫られると、レスリーはまったくなすすべがなかった。いままでの数々の女性経験から、彼はそのことをよく知っているにちがいない。

「女性はだいたい演技をする」マットは言った。「すげなくふるまったり、じらしたり、挑発したり、大げさに反応してみせたり。ところが君はまるでそのままだ。君の顔を見れば、君が考えていることが全部わかる。君は隠そうとしないし、それに理屈もつけない。まさに開けっぴろげだ」

レスリーは口を開いた。息をするのがだんだん苦しくなった。何を言っていいかわからない。

マットが首を少し前に倒した。彼の息が口にかかるのが感じられた。

「そんな君を見るのがどんなにうれしいか、君には想像もできないだろうな。僕はとても誇らしい気分になる」

「なぜ？」

彼の口がレスリーの唇の上に来て、かすめるようにごく軽く触れた。

「君に触れるたびに、僕は君という処女の捧《ささ》げ物を差し出されているような気がするからだ。君の胸のふくらみを口に含んだ時の味を覚えている。君をこの体でベッドに押し倒した時、君がもらした小さな悲鳴も覚えている」マットはゆっくりと体を密着させ、即座の刺激に彼の体がどう反応するかをレスリーに感じさせた。「君の服を脱がせ、清潔な真っ白なシーツの上で……」ささやきながら彼女のやわらかな唇を荒々しく奪った。

そんなに大胆でショッキングなことを女性に言うなんて！　レスリーは小さく声をあげた。彼の言うシーンが絵になって脳裏に浮かび、彼女をうずかせた。

レスリーは彼の腕に爪を食いこませ、唇を押しつけ、乱暴なほど激しくキスを返した。突然の、予期せぬ情熱の衝動だった。レスリーはとぎれとぎれにうめいた。脚がわなわなする。

マットはかすれたうなり声をあげた。少しのあいだ彼女の唇をむさぼり、ひきはがすようにして体を離した。全身が電流を帯びたように震える。頬骨の上が紅潮し、目がぎらぎらしていた。

レスリーはマットのその顔が気に入った。彼女の頭をはさんでいる彼の手の震えも好きだった。レスリーは顔を仰向けた。その目はうっとりと霞《かす》んでいた。

「君は僕をこんなふうにするのが好きなのか？」マットがかすれた声できく。

「ええ」野性的な衝動が潮のように押し寄せた。レスリーは彼の喉の脈が激しく打っているのを、スーツの下のシャツの胸が乱れた呼吸で上下しているのを見た。大胆にも、マットの情熱がありありとあらわれているところに視線を落とした。

彼女はじっとそこを見つめている。マットは大きく息を吸った。彼の体は震え、ひきつった。まるで高熱におかされたようだ。

レスリーは目をあげ、マットと親密な視線を絡め合った。彼の情熱が肌に伝わってくる。その味を舌に感じることさえできた。

両手を彼の胸に広げると、シャツの下に温かい筋肉の手触りがあった。クッションのような胸毛も感じとれた。彼は止めようとしなかった。レスリーは彼がオフィスで言ったことを思い出した。〝これからは君が追いかける番だ〟なら、これでいいんだわ。早晩、私は自分がどこまでだいじょうぶか確かめてみなくてはならないのだから。駐車場という場所にもかかわらず、いまが絶好のチャンスのように思えた。レスリーははにかみながら、おずおずと、震える手を彼のベルトのところまですべらせた。

マットの顎がこわばった。彼はどうすることもできなかった。彼女にはわかっているんだろうか？

彼女の手はゆっくりとベルトの上をたどり、そのほんの少し下のところでためらった。マットは太い眉を寄せ、自制心と闘った。

彼は石と化したように見える。顔には感情のかけらもなかった。けれど目は恐ろしくぎらぎらしていた。

「そうしたければしていい。だが、もし君が触ったら」マットは喉につまったような声で荒々しく言った。「僕は君を車のバックシートに放《ほう》りこみ、スカートをたくしあげ、いまここで、一瞬もためらわずに君を僕のものにしてしまうぞ。刑務所の職員が総出で見物に押し寄せたってなんとも思わない！」

12

強烈な脅しに、レスリーははっと自分をとり戻し、真っ赤になってマットから飛び離れた。

「まあ、なんてことを!」自分の行為に震えあがった。

マットは目をつぶってレスリーと額を合わせた。額は汗で湿っていた。マットは彼女の狼狽《ろうばい》ぶりを笑いながら、彼自身ふがいなくもおたおたしていた。

レスリーは息がつまり、体中が熱く腫《は》れあがっているような感じがした。「ごめんなさい、マット。私、本当にどうかしているんだわ」

彼女がかき立てた欲望がマットを侵食していた。レスリーがほしかった——ずっと前から。ほかの女性のことなど頭にも浮かばない。

「レスリー、君にかかると僕はまったく無力もいいところだ。しかし君は、自分ができっこないことをはじめようとしていたんだぞ」

「私……できないかもしれないわ」

言った本人もマットもびっくりした。レスリーは彼の体がほてっているのを感じた。彼は本当にまいっている。彼女は驚いた。

彼は目を開けた。ゆっくりと頭を起こしてレスリーを見た。息がレスリーの唇にかかる。

「自衛本能が一かけらでも残っているなら車に乗ったほうがいい、レスリー」

「オーケー」レスリーは息をはずませ、不思議そうな目をした。

レスリーは助手席に座ってシートベルトをした。彼は車の前を回って運転席に着いた。

レスリーはやわらかい材質のバッグを固く握りし

め、金輪際彼の方を見ないようにした。自分がそんなことをしたのが信じられなかった。

「そう深刻に考えるな」マットがやさしく言った。「〃こんどは君が追いかける番だ〃そう僕は言ったんだしね」

レスリーは咳払《せきばら》いした。「あまりにも文字どおりにとりすぎてしまったわ」

マットは笑った。楽しげな彼の笑い声を乗せて、ジャガーはジェイコブズビルに向かってひた走る。

「君には大いなる潜在能力がある、ミス・マリ」彼は愛情のこもった視線を投げかけた。「我々は前進しつつあると考えよう」

レスリーはバッグを見つめた。「ゆっくりとした前進ね」

「ゆっくりが一番だ」マットはギアチェンジし、のろのろ走っている古いピックアップ・トラックを追い抜いた。「君を下宿でおろすよ。着替えたいだろうから。今夜、我々は町へ繰り出す。ギプスも同行で」

レスリーは恥ずかしそうに微笑した。「私、ダンスはできないわ」

「ダンスなら、脚がよくなってからいくらだって踊れる」マットは厳しい口調で言った。「これからは君を大事にする。危険な目にはあわせない」

宝物にでもなった気分だわ。そのつもりはなかったのに、声に出して言ってしまったらしい。マットが笑ったので気づいた。

「そうなんだ」彼は言った。「君は僕の宝物だ。君をほかの人と分け合うのがだんだん辛《つら》くなる」彼はちらりとレスリーを見た。「君とエドのあいだに何もないっていうのは本当なんだね？」

「ただの友達よ」

「よかった」

マットはラジオをつけた。彼はとてもリラックスしていた。それはレスリーがはじめて見るマットだった。何かがはじまっているらしい。でも、この関係はいったいどこへ向かうのだろう。レスリーには予想もつかなかった。かといって、いまストップをかける決心もつかなかった。

二人は食事に行った。マットは堅苦しいほど礼儀正しくふるまった。レスリーのためにドアを開け、椅子を引き、かつて紳士のたしなみとされていたマナーをことごとく披露し、古風な男の一面を誇示した。レスリーはうれしかった。古い時代の礼儀作法はとても気持がよかった。

それから数週間のあいだに、彼らはジェイコブズビル、ビクトリア、ヒューストンのレストランに出かけた。マットはただおしゃべりをするだけのために、夜遅く電話をかけてきた。花の贈り物が下宿に届いた。レスリーはほかの下宿人たちから冷やかされたり、にやにやされたりした。レスリーの恋人――ジェイコブズビルの人々の目に彼はそう映った。レスリーもおとぎ話が現実になるかもしれないような気がしてきた。けれど、決して口に出されることのない問題が一つあった。あの過去……。マットが本当に求めてきたらどうなるだろう？　私は親密な行為に耐えられるだろうか？

その思いは絶えずつきまとった。なぜなら、マットはやさしくて愛情深かったが、車の中でも戸口で別れる時でも、ごく軽いキスをするだけだったからだ。彼は決してそれ以上のことに踏みこもうとはしなかった。レスリーも、刑務所の駐車場での出来事が恥ずかしくて、二度と大胆なことはしなかった。

ギプスは、町中の人が招かれているバレンジャー家のパーティの当日にとれた。不自然に白い脚を奇妙な心持ちで眺めているレスリーに、ルー・コルトレーンはギプスなしで立ってみるように言った。

レスリーはやってみた。体重を支えられるかどうか不安だった。マットはルーと並んで心配そうに顔をこわばらせていた。

骨はしっかりとしていた。レスリーはあえぐように息を吸った。「だいじょうぶだわ！」感動して大きな声をあげた。「マット、見て。私、ちゃんと立ってるわ！」

「もちろんよ」ルーは笑った。「ドクター・サントスは、まさしく最高の整形外科医ですもの」

「私、また踊れるわ」

マットは歩み寄り、レスリーの手をとって口づけした。「僕らはまた踊れる」彼はそう言い直し、レスリーの目を見つめた。

見つめ合う二人の様子ったら。ルーは笑いたくなるのをこらえた。浅黒い肌の長身の牧場主と小柄なブルネット。お似合いのカップルだわ。きっとすごい結婚式になるでしょうね。ルーはそう思ったが、そのことは自分の胸に秘めておいた。

マットが下宿にレスリーを迎えに来た。レスリーはいつかと同じ、スパゲティのように細いストラップで肩からつった、銀色のロング丈のドレスを着ていた。今夜は下にブラを着けていない。とてもセクシーな女性になったような気がした。コンタクトレンズを入れ、髪を艶《つや》やかに輝かせた。この数週間で少し体重が増え、そうありたいと望んでいた体型になった。何よりうれしいのは、足を引きずらずにふつうに歩けることだった。

「よかったね」車に乗ってからマットは言い、微笑した。「だが、無理はしないことにしよう」

「おっしゃるとおりにいたします、ボス」

「幸先《さいさき》のいいスタートだ」マットは車のエンジンをかけながら笑った。

「パーティのあとに、もっとすてきなことを考えてあるのよ」レスリーは言った。

マットの心臓はどきりとした。彼はハンドルを握りしめた。「それは脅しかな？　それともいいことなのかな？」

レスリーははにかんだ視線をちらっとマットに向けた。「それはあなたしだいよ」

マットはしばらく無言だった。「レスリー、君は物事が手に負えなくなる前だからそんなことが言えるんだ」彼は言い含めるようにゆっくりと話しだした。「君は男と女のことを何も知らない。デートもしたことがなかったんだから無理はないが、僕にとってそれがどういうことかわかっておいてほしい。君と出会ってから僕はほかの女性に一度も触れていない。つまり、僕は通常よりブレーキがきかなくなっているということだ」彼はレスリーの横顔をちらりと見やった。「いまとなっては、軽い気持で君に近づくことはできない」彼はしばらく間を置いたのちに、かすれた声で言った。「僕はぎりぎりのところで耐えているんだ」

レスリーは息をのんだ。ありもしないドレスのしみを指でこする。「あなたは……ずっといまのままをつづけたいんでしょう」

「まさか」彼は吐き捨てるように言った。「だが、君に無理強いするつもりはない。君がリードする番だと言っただろう。つまり、そういうことだ」

レスリーは小さなバッグを手の中でひっくり返し、銀のスパンコールがきらきら光るのを見つめた。「あなたはずっと我慢していたのね。とても辛抱強いのね」

「出会った最初の頃《ころ》、僕は君に対して非常に軽率だった。君との関係はセックスが目的ではないことをわかってほしかった」

レスリーはほほ笑んだ。「それならもうわかっているわ。あなたはいつも、それはそれは親切ですもの」

マットは肩をすくめた。「罪の償いだ」

レスリーは眉をひそめた。そうではないとわかっていたから。彼は言葉にこそ出さないが、レスリーに対する気持をほかのありとあらゆる手段で示していた。会社のほかの女性たちでさえ気づいている。

マットはちらりとレスリーを見た。

「ノーコメントかい？」

「あら、ごめんなさい。ちょっと考えていたの。あることを……」

「どんなことを？」

レスリーはバッグのスパンコールに指をすべらせた。「あなたを誘惑するにはどうしたらいいか教えてもらえない？」

ジャガーは横すべりしてもう少しで溝にはまりそうになった。マットは危機一髪のところで車をもとの位置に戻してから、路肩に寄せてエンジンを切った。

マットは口をぽかんと開け、まじまじとレスリーの顔を見た。「いまなんて言った？」

レスリーは彼を見た。車内は窓から差しこむ月明かりにほのかに照らされている。「あなたを誘惑したいの」

「僕は頭がどうかなったらしい」彼はつぶやいた。

レスリーはほほ笑んだ。声をたてて笑った。まるで私は彼をどうにでもできるみたいだわ。抑えつけていたものが外れたように体が熱くなった。シートに背中を倒し、身をよじる。シルキーな布地がじかに胸のふくらみにこすれる感触が心地よかった。自分が奔放になっていくのがわかる。

マットの視線は固くなった頂が布地を尖《とが》らせているところに落ちた。レスリーは悶《もだ》えるように体をしならせている。彼女はすでに熱くなっている。それを見てとるとマットは一気に燃えあがった。

彼は身をかがめ、唇を重ね、大きな手をドレスの下にすべりこませてゆっくりと胸のふくらみをまさぐった。

レスリーはうめき、彼の手に体を押しつけた。唇を開いてキスする。新しい方法で、新しい親密さで彼を感じたかった。

「これは危険だ」マットは唇と唇を合わせたままつぶやいた。

「うっとりするわ」レスリーはささやき返した。「こんなふうにあなたを感じていたい。あなたのシャツの下に触りたい」

マットは自分でも驚く早業でネクタイをほどき、シャツの前を開いた。コンソール越しにレスリーを引き寄せ、形のいい愛らしい胸のふくらみが自分の濃い胸毛のある胸に埋まるのを眺めた。彼女をそっと動かし、胸と胸をこすれ合わせ、彼女の目が潤むのを見つめた。

マットは唇でレスリーの唇を押し開け、セックスそのもののような官能的なキスをした。彼女はマットの舌を、彼の唇を、彼の歯を感じた。彼の胸がゆっくりと胸のふくらみをこすっている。マットはレスリーの腰を持ちあげて自分の腿の上にのせ、荒々しくうめいた。彼の体は彼女を猛々《たけだけ》しく求めていた。彼は今夜は引くつもりはないのだとレスリーは思った。これは未知の領域だった。わくわくした。少しも怖くない。

マットは頭を起こした。レスリーは彼の腕の中でしなだれ、息をあえがせている。彼は愛《いと》しげに胸のふくらみに触れてから彼女の目をのぞきこんだ。

「こんなことをして、僕が怖くないのか?」かすれた声できいた。

レスリーは震える息を吸った。「ええ、怖くないわ」

マットは目を険しく細めてさらにきいた。「僕がほしいのか？」

レスリーはうなずいた。わなわなする指で彼の唇に触れた。「あなたがほしい。とてもほしいの。私をほしがっている時のあなたが好きよ。わくわくするわ」彼女はささやき、自分の大胆さに驚いてもじもじした。

マットは大きくうめいて目をつぶった。「頼むからそんなことを言わないでくれ！」

レスリーは彼の胸に手をすべらせた。「なぜいけないの？　私は知りたいの。知らなくてはならないの。あなたと親密な関係が結べるかどうか。これまでずっと男の人を求める気持さえ持てなかった。こんな気持になったのははじめてなの」

マットは目を開いた。レスリーはその目をしっかりと見つめた。そしてささやいた。「マット……どこかへ行きましょう」

「そして愛し合うのか？」マットは言った。わざとレスリーが不安に駆られるような口調だ。

「ええ」レスリーは穏やかな顔で言った。

だめだ。いけない。マットの理性は告げた。だが、愚かな肉体はわめいていた。いいじゃないか、何がだめなんだ！

「レスリー、これはあまり焦りすぎだと……」

「そんなことないわ」レスリーはそっと言った。彼の胸毛に指を走らせる。「あなたが永続的な関係を求めていないことはわかっているし、それでかまわないの。それに……」

マットはびっくりした。「僕が永続的な関係を求めていない？　それはどういうことだ？」

「つまり、あなたは結婚するタイプの人じゃないってこと」

マットは戸惑った顔をした。それからゆっくりと微笑を浮かべた。

「レスリー、君はバージンだ」

「わかっているわ。それは障害ね。でも、誰にでも最初があるわ。あなたは私にどうしたらいいか教えられるでしょう。私は学ぶことができるわ」

レスリーは頑固に言った。

「いや、そういうことじゃない」

マットはやさしく言った。彼の目はきらりと光り、黒い炎のように燃えあがった。

「レスリー、僕はバージンと火遊びはしない主義なんだ」

レスリーの頭は彼の言葉を受け入れなかった。彼女は欲望でくらくらしていた。

「主義ですって?」

「主義だ」マットはきっぱりと言った。

「あなたが協力してくれれば私はじきにバージンを捨てられるのよ。だからそんな理屈をこねないで」

レスリーは、いっそう体を押しつけた。マットの体が興奮していることが、まるで自分の体のことのようにずきずきと感じられた。

マットは顔を赤らめた。彼は体を離し、レスリーを助手席のシートに押し戻すと、ドレスのストラップを引きあげた。手が少し震えている。彼は頭を強打されたような顔をしていた。

わけがわからなかった。マットはさっさと自分のシートベルトを締めた。レスリーは自分のシートベルトをもぞもぞとたぐった。

彼はひどく狼狽しているようだった。乱暴にエンジンをスタートさせ、ギアを入れる。顔が硬くこわばっていた。

飛び出すようにジャガーが走りだす。レスリーは横目でちらりとマットを見た。なぜ彼がしりごみしたのかわからない。私の申し出に気を悪くしたのだろうか? まさかそんな……。

「怒っているの?」

レスリーは急に恥ずかしくてたまらなくなった。

「とんでもない！」マットは言った。

「よかった」レスリーはほっと息をつき、マットの方を見た。彼はこちらを見ようとしない。「本当に怒っていないのね？」

マットはうなずいた。

レスリーは両腕で胸を抱き、フロントガラスの向こうの暗い景色を見つめながら、彼がなぜそんな不思議な態度をとっているのか判断しようとした。私が思っていたマットとはまるで違う。彼は私を求めているといままでは確信していたのだが、もうわからなくなった。

ジャガーのエンジンは低くうなり、乗っている二人は黙りこくっていた。彼は話しかけなかったし、レスリーの方を見もしなかった。物思いに浸っているようだ。もしかすると私は向こう見ずなことをして、芽生えたばかりの関係をすっかりだめにしてしまったのかもしれないと、レスリーは思った。

ジャガーが舗装されていない道に折れ、レスリーはバレンジャー家に向かっているのではないことにはじめて気づいた。

「どこへ行くの？」

車はさらに細くなっていく土の道を進んだ。湖に通じる道だ。キャビンの名前を書いた標識があちこちに立っている。その中にコールドウェルという名前があった。マットは森の中の、湖に面した木造の小さなキャビンの前庭にジャガーを入れ、エンジンを切った。

「僕は仕事に疲れるとここに来るんだ。女性を連れてきたことは一度もない」

マットがつぶやくように言った。

「一度も？」

マットはまぶたを半ば伏せてレスリーの紅潮した顔をじっと見た。

「君は親密な関係になれるかどうか試したいと言った。いいだろう。ここなら誰にも邪魔されない。僕は喜んで応じる。大歓迎だ。断る理由は一つもないんだから」彼は静かに言った。「僕も君を求めている。君のすべてがほしい。きちんとするから心配はない。だが、これははっきりさせておかなくてはならない。君は本当にこれを望んでいるのかどうかを。君のバージンをもらうのはいいが、あとで返してくれと言われてもそれは無理だ。失ったら二度ととり戻せないものだから」

レスリーはマットを見つめた。彼の視線を浴びて体中がほてるのを感じた。彼の唇が胸のふくらみに触れた時の感じを思い出すと、飢えたように唇が開いた。けれど、それはただの渇望ではなかった。マットにはわかった。

レスリーは顔を上げ、彼のがっしりとした顎にごく軽く小さなキスをした。

「私はあなた以外の男性に触れられるのは我慢できないの。あなたはそのことを知っているでしょう?」

「知っている」

マットは別のことも知っていた。これがはじまりであることを。これがただの情事でも一夜限りの遊びでもないことを。僕は彼女の最初の男になる。そして彼女は僕の最後の女だ。レスリーが僕のものになるなら、僕はこの世でほかに何もいらない。

車をおり、マットはレスリーを導いてポーチの階段をのぼった。広いポーチにはぶらんこが一つとロッキングチェアが三脚置かれていた。彼は鍵《かぎ》を開けて彼女を通し、再び鍵をかけた。彼女の手をとって奥のベッドルームに連れていく。そこにはとても大きなベッドがあり、ベージュと赤の模様のカバーがかかっていた。

それまで大胆だったレスリーだが、現実がどっと襲ってきた。彼女の足は戸口で止まり、目はベッドに釘《くぎ》づけになった。一糸まとわぬマットのセクシーな姿が脳裏に浮かぶ。

マットは振り向き、レスリーの背中を閉じたドアに押しつけた。彼女が神経質になり、急に不安になったのがわかった。

「怖いのか？」マットは真剣な顔できいた。

「ごめんなさい。そうらしいの」

レスリーは無理に微笑を作った。

マットは大きな手で彼女の顔を包み、両方のまぶたにかわるがわるキスをした。

「君ははじめてかもしれないが、僕は違う。あのベッドに行き着く頃には、君はすっかり準備ができている。怖いなんて夢にも思わなくなる」

彼は頭をさげ、彼女の口にキスをした。やさしくそっと。刺激するのではなく、慰めるように。レスリーは、彼への怯《おび》えも、未知のものへの怯えも、熱い太陽の下に置かれた氷のようにとけていくのを感じた。じきに心も体もほぐれ、マットのやさしい熱情に身を任せていた。

はじめは、ただ心地よいだけだった。やがてマットはもっと体を押しつけた。彼の体がたちまち反応するのがわかる。

強い快感にマットは一瞬息がつまった。

レスリーは両手を彼の腿にすべらせ、うっとりとした。男性の体はこんなにも熱くなるのだ。マットは彼女の唇を少し荒々しくむさぼった。それでなくてもすでに高まっている欲望をレスリーが刺激しているからだった。

彼は押しつけた体をゆっくりとやさしく動かし、高ぶらせながらじらした。レスリーは胸のふくらみが重くなるのを感じた。頂が固くなる。シルキーな布地が肌をこする刺激が、マットがかき立てている欲望の炎をいっそう燃えあがらせた。

彼はキスをつづけながら、両手で器用にドレスのストラップをおろした。胸のふくらみにざらざらした胸毛がこすれるのを感じてはじめて、レスリーは二人とも上半身裸になっているのに気づいた。

彼は少し体を離すと、愛らしい胸のふくらみを眺め、そっと撫《な》でた。

「厳重に錠をおろしてしまっておきたい」マットはかすれた声でささやいた。「僕のきれいでかわいい宝物を」

レスリーは肌をたどる彼の口をじっと見ていた。唇の熱さにうっとりした。胸のふくらみを口に含んだ時の彼の様子が好きだった。ウェーブのある黒っぽい髪が広い額に乱れて落ち、濃い太い眉を寄せて、甘美な熱に浮かされたように目を閉じている。レスリーは彼の頭を引き寄せ、うなじの髪を撫でた。彼の髪はひんやりとして清潔な手触りがした。

やがて彼は頭を起こした。レスリーはドアに背中をあずけた。彼女の目は熱く潤み、体がかすかに震えていた。激しく求める目でマットを見る。ついにすべての障害が消え去った。ほかの男性のことは拒むかもしれない。けれどマットはほしかった。マットの手が、彼の目が、彼の口が体を這《は》う。それはとてもすてきだった。彼の下に横たわり、体を重ね、体の外側にも内側にも彼を感じたかった。あまりにも彼がほしくてうめき声がもれた。

「やはりやめたくなったのかい？」マットはやさしくきいた。

「まあ、まさかそんな！　やめたくなんかないわ」

レスリーは憧《あこが》れを目にこめてささやいた。

マットの唇に微笑が浮かんだ。彼はレスリーのドレスを脱がせ、小さな下着だけにして自分の前に立たせた。あらわになった細い体はあふれる欲望ではち切れそうになっている。

レスリーの羞恥心《しゅうちしん》をマットの手があっという間

にかき乱した。彼が胸のふくらみを吸うと、レスリーの体は小さくリズムを刻むようにひきつった。すてきだった。まるで天国にいるような気分だ。

やがてマットはレスリーを大きなベッドに横たえた。彼女は重ねた枕《まくら》に心地よく背中をあずけ、マットが夜会用の服装を少しずつ解いていくのを見守った。彼は服を脱ぎながらレスリーを眺め、喉の奥でころがすような低い官能的な笑い声をたてた。

レスリーは思わず身悶えした。体の外も内もどこもかしこもが燃え立っている。体にこんなことが起こるのをいまはじめて知った。レスリーは待ちきれなかった。全身がどくどくと脈打ち、未知の炎に焼かれ、苦しいほどにうずいていた。

ついにマットのたくましい体があらわになると、レスリーは目をみはり、息をのんだ。

マットは彼女のその表情が気に入った。彼はちょっと後ろを向き、財布から小さな包みをとり出した。彼はベッドに腰かけて包みを開け、その使い方を事務的な口調でレスリーに教えた。レスリーはまごついた。びっくりし、あっけにとられ、少し怯えて目を大きくした。

「君を痛い目にあわせるわけじゃない」マットはやさしく言った。「女性は何百年も何千年もこれをしてきたんだ。君も好きになるよ、レスリー。僕が請け合う」

かたわらに体をのばすマットを、レスリーは灰色の目を好奇心でいっぱいにして見つめた。

彼は頭をレスリーの体に埋《うず》めた。レスリーは彼の下に横たわり、さまざまな愛撫《あいぶ》に体が異なって応《こた》えることを知った。弓なりに身をよじらせてうめくと、マットが笑った。彼はレスリーの素直な反応が気に入った。おなかにキスをした時の彼女のあえぎ声も気に入った。やわらかなベッドカバーの上で、彼はゆっくりと時間をかけて愛撫した。窓の外で雨が地面を叩《たた》きはじめた。雲がのびて月を隠し、嵐《あらし》がキャビンの上にやってきたのだ。

レスリーは肉体の歓喜がこれほど強烈なものだとは知りもしなかった。肌の上を動くマットの手や彼の口を見るのもうれしかった。目から入るものも興奮をかき立てた。彼はびっくりするようなこともした。

ショックで思わず叫ぶとマットは笑った。彼はレスリーに覆いかぶさりながらきいた。

「本で読んだり、映画で見たりしたこともないのかい?」

「まるで違うわ……読んだり見たりするのとは」

マットの体がおりてくると、レスリーは脚を動かして彼を受けとめた。マットは彼女の目を見つめながらそっと体をこすりつけた。レスリーは息をつまらせ、まっすぐに彼の目を見あげた。

「こんなこと……想像もしなかったわ!」

「この感じを言いあらわせる言葉なんてない。どこを探してもありっこない」

マットは息を乱しながらささやいた。

「レスリー、君は美しい。君の体はすてきだ。熱くてしなやかで。僕の口に触れる君の肌の感触が大好きだ。これから僕らは愛を交わす」彼はかすれた声で言い、また体をこすりつけた。「これから僕は君の中に入る。もうすぐだ」

マットはひどく真剣な顔になった。彼はレスリーと目を合わせながら、いままでよりも強く体を押しつけた。彼女の目に怯えが走る。

彼はやさしく言った。「わかっているよ。少し痛いかもしれない。でも長くつづきはしない。君はいまも僕のことをほしいと思っているかい?」

「ええ、あなたがほしい……世界中の何よりも!」

レスリーはいざなうように腰を持ちあげ、息をのんだ。

「マット……」

あえぎながらレスリーはマットを見た。彼の表情は、顔中の筋肉が痙攣《けいれん》を起こしているようにひきつっていた。

「僕もはじめてのような気持だ」マットはかすれた声で言い、両手でレスリーの頭を抱くと、ほんの少し体を押しさげた。そしてもう一度。

彼が動くと体にさざ波が立つようだった。

「思ってもみなかったわ……話ができるのね……こんなことをしながら」

マットはレスリーの目を見おろしながらリズミカルに体を動かしはじめた。強い快感と焼けるような苦痛がより合わさっていく。

マットは無垢《むく》な女性を抱くのははじめてだった。レスリーはほかの女性たちとは違っていた。彼のこれまでの経験を完全に吹き飛ばした。愛を交わすとはこういうことなのだ。マットはいまはじめて知った。マットの心は太古に引き戻された。おそらく男女の交わりが神聖なものであった時代の、はるかな祖先の記憶が蘇《よみがえ》ったのだろう。

マットに体をゆだねながら、レスリーも同じような思いにとらわれていた。

マットはむさぼるようにキスをした。キャビンの中は静まり返っている。突然大粒の雨が窓を打ち、土砂降りの雨が屋根を、地面を、木々を激しく叩いた。風がうなりをあげて吹きつけた。マットの中にも嵐があった。レスリーを思いやって懸命に抑えつけている欲望が暴れだしそうになっていた。

「こんなに飢えた気持ははじめてだ」

マットはレスリーと唇を合わせながら言った。彼の両手は彼女の髪をまさぐった。体がぶるぶる震えた。

「もうこれ以上待てない。少し痛い思いをさせるかもしれないが、僕はもう我慢が……」

マットは口を固く引き結び、彼女の目を見つめると、彼女の腰を留めつけて激しく突いた。

強い痛みが体をさし貫いた。レスリーは悲鳴をあげ、顔を歪《ゆが》めて身悶えした。

マットは静止し、レスリーの体をそっと押さえて彼女が落ち着くのを待った。彼の目は勝利に燃えていた。願いをかち得た誇りと喜びに輝いている。

「君は僕の一部に、そして僕は君の一部になった。君はもう完全に僕のものだ」

彼女の目にはショックと恍惚《こうこつ》が浮かんでいた。レスリーは少し体を動かした。彼も動いた。彼女は息をのんだ。もう一度大きく息を吸って細く吐いた。はじめての結びつきに体がなじんでくる。レスリーはマットを愛しく思った。彼に触れられるのは喜びだった。私は女になったのだ。そう言っていいはずだわ。過去は消えていく。私はどこもかしこもまともなのだ。ちゃんと感じられるし、セックスもちゃんとできる。そんなうれしい自分を発見してレスリーはにっこりした。

マットの頭を引き寄せ、飢えたようにキスをした。痛みはもう薄らいでいた。彼が動くと小さな痙攣が体を走り抜けた。快い刺激を持続しようとレスリーは体をくねらせた。息をあえがせ、マットの腕の固い筋肉に爪を食いこませた。

マットの目が笑った。愉快そうに、甘やかすように。レスリーははにかみ、動きを止めた。

「止めなくていい」マットがささやいた。「君はしたいようにしていいんだ。僕が合わせる」

マットは頭をかがめてレスリーのまぶたにキスをした。彼の息も刻一刻、乱れていく。

「ああ、マット」

レスリーはうめいた。彼のやさしい思いやりに胸がいっぱいになった。

マットはキスを浴びせながらやさしく笑った。

「君が六十歳になった時、この最初の時を思い出して頬を染めてくれたらいいな。君のために僕は今夜を完璧《かんぺき》なものにしたい」

快感はどんどん大きくなっていく。怖くなるほどだ。レスリーはもう自分の体をコントロールできなかった。体をくねらせ、目覚めた情熱のなすがまま、高みに向かって駆り立てられていた。

マットはレスリーの体がひきつって波打ち、大きくみはった目がくらんで焦点を失うのを見守った。

彼は微笑した。

「そうだ。もうわかっただろう? これには抗《あらが》えない、拒絶できない、これを抑えることも……」

マットはいきなり動きを止めた。

「だめ! お願い……やめないで!」

レスリーは泣くような声をあげて両手でマットを捕まえ、引き寄せた。

マットはゆっくりと再び体を伏せた。レスリーが体を震わせる。「やめはしないよ」彼はやさしくささやいた。「君のためにもっと、できる限りよくしたいだけなんだ」

「それ……とてもすてき」レスリーは声をかすれさせた。「あなたが動くたびに、まるで……まるで電気が走って体がうっとりしびれるみたい」

「でも、これはまだ序の口なんだよ」

マットはささやいた。彼は腰を動かし、何度もレズリーに叫び声をあげさせた。彼女は完全にマットに身をゆだねていた。素直に、奔放に。マットはこれほどすばらしいことになるとは想像もしていなかった。レスリーの体が与えてくれる喜びに頭がくらくらした。

レスリーは脚をマットのたくましい脚に絡ませ、体を貫く鋭い快感に大きくあえいだ。

マットは彼女の体に手をすべらせた。動きとリズムが激しくなる。マットの顔はひきつった。レスリーはマットにすがりつき、彼の喉に、胸に、顎に、どこにでも届くところに唇を押し当てた。マットは渇望に負け、自制心を解き放った。

　レスリーはこんなことが起こるとは夢にも想像していなかった。体中の全細胞でマットを感じた。彼の動きに合わせて激しく動き、身をのけぞらせてうめいた。自分の声とは思えない哀願の声とベッドのスプリングのきしみが耳に響く。彼の名前をささやき、おかしくなったように叫び、声をかすれさせた。ついに喜びの細かな律動が長い一つづきのエクスタシーのうずきとなり、その痙攣の中でレスリーは目も見えず、耳も聞こえなかった。レスリーは震え、叫びながらマットにしがみついた。体中の細胞が灼熱《しゃくねつ》の炎に洗われ、レスリーは宙に放《ほう》り出された。

　はっと気がつくと、マットが激しく体を震わせていた。マットの吠《ほ》えるような声が聞こえた。たくましい、熱い体がレスリーの上にくずおれ、その重みでレスリーはマットレスに深く押しつけられた。彼の唇がレスリーの喉をむさぼる。彼はレスリーの顔中にやさしいキスを浴びせた。

　レスリーはうっとりと目を開いて彼の目をのぞきこんだ。彼はぐっしょり汗にまみれていた。レスリーと同じだった。見つめ返す彼の黒みがかった目は信じられないほどやさしい微笑をたたえていた。

　レスリーは思わずすすり泣いた。

　マットは彼女の湿った髪をそっと撫でた。彼はレスリー自身が理解できない涙を理解しているようだった。

「私はなぜ泣くのかしら？」レスリーは喉をつまらせた。「まるで天国にいるような気分なのに」

「その症状に当てはまる専門用語が半ダースくらいある」マットは眠たげにささやいた。「虚脱性憂鬱《ゆううつ》症。あまり高く舞いあがると、おりてきた時に辛い」

「ええ、ずいぶん高く昇ったわ」レスリーはほほ笑んだ。「私、月の上を歩いたわよ」

マットは笑った。「僕もだ」

「あの……あれでよかったのかしら？」不意にレスリーはきいた。

マットは彼女の顔を見つめた。「君は誰より最高だった」彼は言った。からかってはいない。「そしてこれからも。この先、君は僕のたった一人の女だ」

「まあ、ずいぶん真剣な言い方ね」

「だってそうだろう？」

マットの目は、美しいものをキャンバスに写しとろうとする画家の絵筆のようにレスリーの上を動いた。レスリーの胸にそれはやさしく手を触れた。

「やめることなどとてもできない」

「やめる？」

「これさ」マットは答えた。「これは常習癖がつきそうだ。一度君を抱いてしまったら、これからはきっと始終君がほしくなる。ほかの男がちらっとでも君を見たら僕はやきもちで青ざめる」

彼は何かをほのめかしているような口調だった。けれどレスリーには、マットが何を言いたいのかわからなかった。彼女は彼の黒みがかった目をじっと見た。

彼はほほ笑んだ。愛情のこもった微笑だった。

「君はこの言葉がほしいかい？」

「言葉……？」

マットはレスリーの口に信じられないほどやさしく唇をすべらせた。

「僕と結婚してくれ、レスリー」

13

レスリーは驚きにあえいだ。そんなことを考えたこともなかった。彼と一緒にここに来た時も、そんなことは望んでもいなかった。

「僕が君を牧場の家に呼び寄せ、罪深い生活を送るつもりだとでも思っていたのかい？」

マットの目には笑みが光っていた。彼は愛《いと》しくてたまらないというようにレスリーの体に手をすべらせた。

「これでは不充分だ。まるで不充分だ」

レスリーはためらった。「あなたは本当に望んでいるのかしら。その……たしかな絆《きずな》を？」

マットの目は真剣な色を帯びた。

「レスリー、僕はいままではいい加減だったかもしれない。だが、君とはたしかな絆を結びたい。君に僕の子供を産んでほしい。心からそう願っている」

レスリーの顔は輝いた。「本当に？　私もそのことを思っていたの」

マットは彼女の髪をかきあげた。そうしながら、もう一度、こんどは避妊具をつけずに彼女を抱きたい誘惑と闘っていた。

「僕らは子供を持とう」彼は言った。「だが、その前に二人の絆をしっかり固めるのが肝心だ。子供たちが安心して生まれてこられるように」

レスリーは彼の表情に心を奪われた。マットは一時の欲望で私の体を求めたのではないのだ。レスリーはそのことをいまようやく本気でのみこんだ。彼は一緒に送る人生、二人で作る子供のことを言っている。本当の男女の結びつきについて私はまったく無知だった。でも、これから一生をかけて学べばいいいんだわ。

「堅苦しい考えだろうか?」

「そうね」レスリーは彼の頬をそっと撫《な》でた。

「一緒にやってみる気は?」

「私はこう思っていたの。愛されるのって、なんともいえずすてきだわって」レスリーはささやいた。

マットは眉を片方ぴくりとさせた。「肉体的な愛のことかい?」

「そうね。それもあるわ」

「それもある?」

「私を愛していなかったら、あなたは絶対に私とベッドをともにしなかったでしょう?」レスリーは飾らない言葉で、けれど確信をこめて言った。「あなたはバージンに対して、おかしいほど古風なこだわりを持っているのね」

「おかしいだって? 信じられない!」

「それが気に入らないんじゃないのよ」レスリーはマットを見あげてほほ笑んだ。それから真顔になり、彼の黒みがかった目の奥をまっすぐにのぞきこんだ。

「とてもすばらしかったわ。完璧《かんぺき》だったわ。あなたを待っていてよかった。愛しているわ、マット」

彼の胸は大きく波打った。「君にあんな仕打ちをしたのにか?」

「あなたは何も知らなかったんですもの。それに最初冷たく当たったとしても、そのあとであなたはありとあらゆる償いをしたわ。私はもう足を引きずって歩かなくてよくなったのよ」レスリーは感激に大きく目を見開いた。「あなたは私をくびにできたのにしなかったし、それに私のために……」

マットは頭をかがめ、何度も何度もキスをした。

「よしてくれ。いくらそう言ってくれても本当はひどかった。僕は君に対して鬼のようだった。君と出会った最初からもう一度やり直したい。そうできないのがたまらなく悔しい」

「過ぎたことは誰にも変えられないわ。でも、やり直すチャンスはあるのよ――あなたにも私にも。それはとてもありがたいことね」

「これからは、すべてのことで君の望みを真っ先に考える。過去を乗り越えるのは難しい。僕は長いあいだ女性に対して強い不信感を持っていた。だが、君のおかげで、母から受けた仕打ちを忘れることができた。僕は一生君に感謝する」マットは厳かに言った。

「私もあなたに感謝しているわ」レスリーは静かに言った。「私は一生愛には縁がないと思っていたんですもの」

マットはレスリーの手のひらに唇をつけながらかすかに眉をひそめた。「僕もそう思っていた。僕は一度も恋をしたことがなかった」

レスリーはやさしくため息をついた。「私もそうよ。恋がこんなにすばらしいものだとは夢にも思わなかったわ」

「歳月を重ねればもっとすばらしいものになっていく。僕はそう思う」

マットはレスリーの手をやさしく握った。

レスリーは空いている手で彼の黒っぽい髪をまさぐった。「マット――?」

「なんだい?」

「もう一度だめかしら?」

マットは唇をすぼめた。「君はだいじょうぶなのかな?」

レスリーは体の位置を変えてみた。動いたとたんに顔をしかめた。

「だいじょうぶではなさそうね」

マットは笑った。レスリーを腕に抱き寄せてキスをする。愛しさ余って少々乱暴になった。

「さあ、少し眠ろう。それから家に帰って結婚式のプランを立てよう」彼はレスリーの乱れた髪をそっと指ですいた。「こぢんまりとした気どらない式がいいな。ハネムーンは君が行きたいところに行こう。どこでもいいよ」

「私はどこにも行かなくていいわ。あなたと一緒にいられるのなら」

「同意見だ」マットはため息をつき、レスリーをちらっと見おろした。「君はバージンで初夜を迎えることもできたのに」

レスリーはマットの胸のざらざらとした胸毛をやさしく撫でた。

「あなたが私と結婚したがっているなんて知らなかった。でも、知っていても知らなくても同じ。どちらにせよ、私はあなたと男女の関係を結べるかどうか確かめなくてはならなかったわ。自信がなかったんですもの」

「僕は自信を持った」マットはいたずらっぽくにんまりした。

レスリーはうれしそうに笑った。

「ええ。私もいまは。でも、とにかくそれを知っておかなくてはならなかったわ。あなたとの関係が深まる前に。あなたはいつまでも我慢していられないと思ったし、私はそのためにあなたを失うなんてたまらなかった。でも、結婚を期待していたんじゃないのよ」

「僕は君と結婚したかった。はじめてキスをした時にそう思った」マットは告白した。「君とはじめてダンスをした時もね。あれは魔法だった」

「ええ、魔法だったわね」

「だが、僕はなぜか君に強い反発を感じた。自分でもわけがわからなかった。エドにさえ、従業員にあんなひどい態度をとるのは僕らしくないと言われた。こっぴどく説教されたよ」

「エドはいい人よ」

「そう、エドはいいやつだ。だとしても、君がエドの恋人じゃなくてよかった。僕は勝ち目がないと思っていたから」

「エドはお兄さんのような人よ。以前から、そしていまも」レスリーはマットの胸にキスをした。「私はあなたを愛しているの」

「僕も君を愛している」

レスリーはさっきキスしたところに頬をのせて目をつむった。「あなたの弁護士団の力で母は刑務所から出られるかもしれないわね。最初の命名式の時までに」

「遅くとも二番目の時までにはだいじょうぶだろう」

マットは微笑し、庇護《ひご》するようにレスリーを抱きしめた。この温かい、力強い腕の中は、レスリーにとって生まれてはじめて本当に安心な場所だった。悪夢は消えていく。これからは、恐れることなく光の中を歩けるだろう。過去は過ぎ去った。本当に過ぎ去ったのだ。レスリーにはそれがわかった。もう二度と過去に苦しめられることはないと。

マットとレスリーはジェイコブズビルの長老派教会で式をあげた。教会の席は一番後ろまでぎっしり人で埋まった。町中の人が一人残らず参列しているのではないかとレスリーは思ったが、それはあながち外れでもなかった。マット・コールドウェルは長いあいだジェイコブズビルでもっとも注目を集めていた独身男性だったから、人々は好奇心をふくらませてつめかけていた。二人の結婚を誰よりも喜んでいるエドはもちろん来ていた。ハート家の兄弟全員の顔があった。州検事長もいた。バレンジャー兄弟、トレメイン家、ジェイコブズ家、コルトレーン家、デヴラル家、リーガン家——出席者はさながら町の住人名簿のようだった。

レスリーは裾《すそ》を長く引いた特注のウエディングド

レスをまとい、山ほどのヴェールやレースに覆われていた。会社の同僚たちが花嫁の付き添いになり、新郎の付き添い役はルーク・クレイグが務めた。花嫁の付き添いの少女たちとピアニストがいた。町の新聞社の記者も招かれていたが、よそからの記者は一人もいなかった。レスリーの悲惨な過去について書く者は誰一人いない。式は厳かで美しかった。

祭壇の前でレスリーのヴェールを持ちあげたマットは、天国の後継者のように幸福な顔をしていた。彼は微笑して花嫁にキスをした。彼の目にもレスリーの目にも愛があふれている。

披露宴はバーベキューパーティで、マットの牧場の家の芝生でにぎやかに開かれた。二人は手をつないで人々の中を回った。

衣装を着替えてからレスリーが客たちのあいだを歩いていると、思いがけずキャロリン・エングルズに出くわした。

ブロンドの美人は微笑し、まっすぐにやってきて、レスリーの手にプレゼントをのせた。

「これをあなたに。パリで買ってきたのよ」キャロリンはとても決まり悪そうだった。「お詫《わ》びと仲直りのしるしに」

「まあ、そんなこと……」

「これは私の気持なの」キャロリンは銀色の包装紙で包んだプレゼントに向かってうなずいた。「開けてみてちょうだい」

レスリーはキャロリンの心遣いに感動し、胸をときめかせて包装紙をはいだ。ベルベットの箱を開けて息をのむ。入っていたのは小さな美しいクリスタルの白鳥だった。小さいけれど精巧な細工がすばらしい。

「あなたにふさわしい贈り物だと思ったの」キャロリンは言った。「あなたは美しい白鳥に変身したわ。あなたは自由に誇らしくジェイコブズビルの池で泳げる。もう誰もあなたを傷つけられないわ」

レスリーは思わずキャロリンを抱きしめた。キャロリンはどうしていいかわからないというように笑い、赤くなった。

「いつかはごめんなさい」キャロリンは声をかすれさせた。「本当にごめんなさいね。私、何も知らなくて……」

「私、怒っても恨んでもいないわ」レスリーはやさしく言った。

「ええ、そうね」キャロリンは肩をすぼめた。「私はマットに夢中だったのに彼は私に目もくれなかった。あの時の私はどうかしていたんだわ。でも、いまはもういつもの私よ。あなたとマットの幸せを願っているわ。心から」

「あなたもどうぞ幸せになって」レスリーはにっこりした。

マットは二人が一緒にいるのを見ると眉をひそめ
た。つかつかとそばに行き、守るようにレスリーに腕を回した。

「キャロリンがこれを私にって。パリで買ってきてくれたのよ」レスリーは声をはずませ、小さな贈り物をマットに見せた。「きれいでしょう？」

マットは戸惑いながらキャロリンを見た。

「私はあなたが思っているほどひどい女ではないのよ」キャロリンはマットに言った。「心からお祝いを言うわ。お二人に」

マットの目が微笑した。「ありがとう」

キャロリンはすまなそうに微笑を返した。「あんなことをしてとても悪かったわ。レスリーにそう謝ったところなの。私、本当に悔やんでいるのよ、マット」

「誰でも頭がおかしくなることがある。そういうことだ」マットは言った。「さもなければ、まともな人間が牛のビジネスに手を出したりはしない」

キャロリンは明るく笑った。「みんなそう言うわね。さて、私はそろそろ失礼するわ。レスリーに仲直りのしるしを届けに来ただけなのよ。ところで、お二人を私が開くチャリティのダンスパーティのお客様リストにのせたいの。かまわないかしら?」

「喜んでうかがうよ。ありがとう」マットは言った。

キャロリンはうなずいてにっこりし、客たちの車が止まっている方へ歩いていった。

マットは新婦の肩を抱き寄せた。「驚くことって麻疹《はしか》のようにはやるんだな」

「そうみたいね」レスリーはマットのうなじに腕を回し、背のびをしてやさしくキスをした。「みんなが帰ったら、私たちは寝室に鍵《かぎ》をかけてお医者さんごっこをしましょうね」

マットは小さく笑った。「いまっていうのはどうだい? さあ、どっちが先に着くか競走だ!」

「私の勝ちよ!」

マットは大きくにっこりし、客たちに背中を向けた。「ついているのは僕だ」彼は言った。それは本心だった。

つぎの朝目覚めた時、二人は腕と腕を、脚と脚を絡ませていた。レースのカーテンから日が差しこんでいる。マットの情熱は尽きることがなく、レスリーは官能の一大世界を発見した。

彼女は体を転がし、仰向けになって体をのばした。裸でいることにためらいはない。マットは片肘をついて半身を起こし、大事な宝物を見守るように、愛情あふれる目をレスリーに注いだ。

「結婚にこれほどたくさんのメリットがあるとは思わなかったわ」レスリーはもう一度のびをした。「あんなにすごい夜のあとで歩くエネルギーが残っているかしら」

マットはやさしく微笑し、身を乗り出してレスリーにキスをした。

「歩けなかったら僕が抱いて運んであげるよ。さあ、おいで。気持よくシャワーを浴びて、それから朝食に食べる物を何か探そう」

レスリーはキスを返した。「愛しているわ」

「僕もだよ」

「私と結婚したことを悔やんでいない？」レスリーは不意に衝動に駆られてきいた。「だって……過去が完全に消え去ることはないわ。もしかしていつかまた、別の記者があの事件をほじくり返すかもしれないでしょう」

「気にしない」それがマットの答えだった。「誰でも秘密の一つや二つは持っているものさ。むろん、君と結婚したことを後悔などしていない。それどころか、これは僕がこの数年のうちにしたことの中で一番まともな行いだ。そして――」彼はレスリーの体に唇を這《は》わせてつづけた。「むろん、一番すてきでうれしいことだ」

「私もそうよ」

レスリーは笑った。腕を回してマットを引き寄せ、心をこめてキスをした。


レスリーの母は再審で刑期が短縮された。マリーは心明るく、娘と母子の関係を結び直す日を楽しみに残りの刑期を務めた。

レスリーとマットは日一日と仲睦《なかむつ》まじさを増し、いつでも、どこへ行くのも一緒の二人を町の人々はおしどり夫婦と呼んだ。

長男の誕生から三年後に、レスリーは第二子を出産した。黒っぽい髪の女の子だった。マットはその子を腕に抱いて思わず涙ぐんだ。彼はむろん息子を愛していたが、宝と思っている大事な妻に似た女の子がほしくてたまらなかったのだ。これで僕の人生は完璧だ。彼はレスリーにそう言った。レスリーも心の底から同じ言葉を返した。過去は静まり、レスリーとマットの前には幸福な前途が開けていた。

マットのいつかの予言は当たった。赤ちゃんの命名式にはジェイコブズビルの多くの人が集まった。その中には、その日晴れて自由の身になった小柄な金髪の女性の姿もあった。その人——レスリーの母は一番前の座席に腰かけていた。レスリーはマットから母へ、三歳の息子から腕の中の小さな娘へと目をやった。彼女の灰色の目は、マットのやさしいまなざしを受けとめた時、喜びで輝いた。夢はかなう。レスリーは思った。夢というのははかなうものなんだわ。

ハーレクイン®

シルエット・スペシャル・エディション　2001年11月刊（N-889）

大富豪と淑女

2024年5月20日発行

著　　者	ダイアナ・パーマー
訳　　者	松村和紀子（まつむら　わきこ）
発 行 人	鈴木幸辰
発 行 所	株式会社ハーパーコリンズ・ジャパン 東京都千代田区大手町 1-5-1 電話 04-2951-2000（注文） 0570-008091（読者ｻｰﾋﾞｽ係）
印刷・製本	大日本印刷株式会社 東京都新宿区市谷加賀町 1-1-1
装 丁 者	中尾　悠
表紙写真	© Zojakostina, Irina88w | Dreamstime.com

ISBN978-4-596-54099-7 C0297

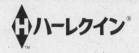

5月31日発売　# ハーレクイン・シリーズ 6月5日刊

ハーレクイン・ロマンス

愛の激しさを知る

秘書が薬指についた嘘	マヤ・ブレイク／雪美月志音 訳	R-3877
名もなきシンデレラの秘密《純潔のシンデレラ》	ケイトリン・クルーズ／児玉みずうみ 訳	R-3878
伯爵家の秘密《伝説の名作選》	ミシェル・リード／有沢瞳子 訳	R-3879
身代わり花嫁のため息《伝説の名作選》	メイシー・イエーツ／小河紅美 訳	R-3880

ハーレクイン・イマージュ

ピュアな思いに満たされる

捨てられた妻は記憶を失い	クリスティン・リマー／川合りりこ 訳	I-2805
秘密の愛し子と永遠の約束《至福の名作選》	スーザン・メイアー／飛川あゆみ 訳	I-2806

ハーレクイン・マスターピース

世界に愛された作家たち
～永久不滅の銘作コレクション～

純愛の城《特選ペニー・ジョーダン》	ペニー・ジョーダン／霜月　桂 訳	MP-95

ハーレクイン・ヒストリカル・スペシャル

華やかなりし時代へ誘う

悪役公爵より愛をこめて	クリスティン・メリル／富永佐知子 訳	PHS-328
愛を守る者	スザーン・バークレー／平江まゆみ 訳	PHS-329

ハーレクイン・プレゼンツ作家シリーズ別冊

魅惑のテーマが光る
極上セレクション

あなたが気づくまで	アマンダ・ブラウニング／霜月　桂 訳	PB-386

※予告なく発売日・刊行タイトルが変更になる場合がございます。ご了承ください。

今月のハーレクイン文庫

5月刊 好評発売中！

Harlequin 45th Anniversary

帯は1年間"決め台詞"！

珠玉の名作本棚

「三つのお願い」
レベッカ・ウインターズ

苦学生のサマンサは清掃のアルバイト先で、実業家で大富豪のパーシアスと出逢う。彼は失態を演じた彼女に、昼間だけ彼の新妻を演じれば、夢を3つ叶えてやると言い…。

（初版：I-1238）

「無垢な公爵夫人」
シャンテル・ショー

父が職場の銀行で横領を？　赦しを乞いにグレースが頭取の公爵ハビエルを訪ねると、1年間彼の妻になるならという条件を出された。彼女は純潔を捧げる覚悟を決めて…。

（初版：R-2307）

「この恋、絶体絶命！」
ダイアナ・パーマー

12歳年上の上司デインに憧れる秘書のテス。怪我をして彼の家に泊まった夜、純潔を捧げたが、愛ゆえではないと冷たく突き放される。やがて妊娠に気づき…。

（初版：D-513）

「恋に落ちたシチリア」
シャロン・ケンドリック

エマは富豪ヴィンチェンツォと別居後、妊娠に気づき、密かに息子を産み育ててきたが、生活は困窮していた。養育費のため離婚を申し出ると、息子の存在に驚愕した夫は…。

（初版：R-2406）